致敬阳光

申润民——— 著

长江出版传媒

长江文艺出版社

目　录

第四辑　致敬冬天

第一辑

致敬春天

报　春

看见春风牵手桃花
杏花嫉妒得红了脸
连翘
扯来阳光一样的金色布料
做成黄色短裙媲美
玉兰尤为漂亮
新娘子一样
穿一身婚纱准备出嫁

蜜蜂很多情很大胆
蝴蝶也很多情很大胆
循着香气追逐
没完没了地挑逗着
那些情窦初开的鲜艳

一只喜鹊迫不及待地
把自己打探来的消息
告诉给另一只喜鹊
却被麻雀听见了
聚在一起议论纷纷

少男携着少女出来踏青

背着相机的用相机拍照
拿着手机的用手机拍照
花朵与爱情
让旷野里的故事生动不已

垂柳的新装
被东风撩开衣襟一角
正好甩到我的面前
我灵机一动
躲到柳树的后面
偷听春日故事
偷听春日里的窃窃私语

春的行板

最后一朵雪花招招手
春天就跟过来了
叫醒酣睡了一冬的小河

一朵蒲公英举着金色阳光
站在路边晃人的眼

宁静的午后，桃花走出村庄
和我说起了唐诗宋词，意犹未尽

调皮的杏花翻出矮墙
一身香气随风飘了过来
谁见了都会动心

春光明媚
我所说的一切
家乡的山川大地可以作证

春的声音

春风一发言，山村就变暖了
春雨一发言，山野就变绿了
只有我家的屋檐一言不发
双手紧紧而又小心地捧着燕窝
静静盼望燕子的归来
只有我家的炊烟一言不发
曼舞摇摆袅袅的身材

我走出家门，也一言未发
只觉得春光明媚
只看见春暖花开

真美呀，快看快听
天空的蓝，挽留云的白
山头的亮，挽留霞的彩
鲜花鼓励着绿叶，要绿你就尽情地绿
绿叶鼓励着鲜花，要开你就尽情地开
喜鹊喳喳，挑逗着白鸽
白鸽咕咕，抖动着裙摆

我屏住呼吸，仔细谛听春的声音
家乡的那条小河

正唱着欢快的春歌

一路奔跑着，穿过树林，绕过村庄

在春天的大地上尽情地抒怀

被春色劫持

春风捻色
妫水的柔波映着一朵朵鲜花
女孩一样，姹紫嫣红
在妫川这个大舞台上
依次登台亮相
唱的是《阳春》
舞的是《霓裳》
一招一式都很婀娜
一颦一笑都特妩媚

一瓣儿一个情节
一朵儿一个故事
一朵一朵的故事有声有色
每个故事都绝美，都迷人

故事里，我变成一只蝴蝶
几乎在花间醉去
趔趔趄趄地飞飞停停
不知道是我占有了花香
还是花香占有了我
只有一个感觉特清晰
那就是我一定是被春色劫持了

春 拍

东风轻轻吻了吻碧桃
第一朵花骨朵便禁不住刺激
描眉画脸地
穿上粉红色的短裙招摇
迷人的身影照在妫河水上

正好被路过的少年看见
少年不管不顾
索性走到跟前去看你
不知是青春作怪还是你太妖娆
少年的心跳加快
如身边的妫河水卷起了漩涡

风儿乱，你在风中跳舞
少年人掏出手机
用远近高低各不同的角度
为你拍照
就像是为他的恋人拍照一样

春　缘

春风中
你的衣裳柔软，我的呼吸轻盈
蓝天下，万物竞相媲美
柳青了，草绿了，花开了

一湖春水乱了
湖上有鸭儿戏水船儿荡漾
一山春色乱了
山上有黄鹂飞舞桃花如云

音符，在翠色柳条上飘来荡去
有来自湖上舟子的歌声
有来自山坡牛背上的牧笛

那一刻，你我相视而笑
因为春天
我们心心相印
因为春天
我们爱情升华

延庆写春

青山是我的，绿水是我的
树木村庄和原野都是我的
春天工笔画一样细致入微，就应该是我的
如此，我置身于百里妫川
在无限春光面前，也是我的

火车，穿过花山，进入花园，是我的
汽车，穿过花野，进入花乡，是我的
花山，托起的八达岭长城，是我的
花野，掩映的弯弯的妫河，是我的
野鸭湖春色，是我的
龙庆峡碧波，是我的
世园会倩影，是我的

很古典的永宁城，是我的
很时尚的延庆城，是我的
很现代的康庄城，是我的
百里画廊百里花，是我的
千仞海坨千朵云，是我的

鸟语花香，草长莺飞
每一朵花，都抒发着延庆人的畅想

每一片叶，都承载着妫川人的希望
蝶恋花，蝶起舞
蜂恋花，蜂歌唱
延庆的春天，无比热闹
妫川的春天，无限生机

我用一个季节的时间
和延庆的春天交朋友
那些花朵感染了我
让我知道什么是美
那些小草教会了我
要有一颗平常心
那些树木激励了我
要挺直腰杆走路
做一个正直的人

春天的故事

飞过一座湖面
蝴蝶的方阵，踏着花韵起舞
如大型运动会开幕式上的
文艺表演

在青山绿水的背景里
小鸟鸣啭着动听的歌喉
红一片、粉一片、绿一片
彩色在田野展开
让人立马想起"锦绣河山"四个字

微风徐徐，浓香送上心事
一片花海深处
思春少女以清澈的生动
轻拂花枝，笑靥使花色含羞

草色如梦，花色如梦
少女很动情地自言自语
刚好被路过的我听见

我意动神摇
好像一下子年轻了许多

成了传说中的翩翩少年

如果可以
我愿意把身边的小溪
想成蝴蝶泉

阿妹
你愿意和我对歌吗

春天没有乡思的黄叶

一个人形只影单
行走在三月的中午

我看见桃花
和桃花深处的村庄
微风和畅香飘四溢

我想我已习惯生活的放浪
我是在山脚下与平川的
接壤处走着

春天对我太熟悉了
我并没有太多的惊喜与浪漫

我觉得桃花中的柳风会说话
默不作声的我没有寂寞

桃花越来越热烈
我也走近那个村庄

到村中小店沽一壶酒
春天没有乡思的黄叶

乡野三月的中午
温柔抚摩每一个路人

轻飘飘的欲眠
梦，就攥在掌心

桃花春水

一枝桃花接过阳光的馈赠
在妫河的拐弯处挥手
与最后的一片积雪告别

她扬了扬粉红的脸庞
听风的细语
听惊蛰送来春雷的声音

看妫水两岸换上春装的翠柳
争先恐后地借河水照影
把小蛮腰摆动得婀娜多姿

温度正好
春色宜人
一切都可以开始了

一个少女
来到河边等她的恋人
面如桃花，身材出众

软绵绵的风儿
顺着妫水吹过桃花
吹得少女心事飞扬

春天组诗

立　春

已经开始，从遥远的东南方
紫气已经升起向着西北而来
我的梦，自觉不自觉地向着你
我的心，把所有的指向朝着你
听见了吗，你的足音
已从渐高的太阳的步伐上传了过来
大雁已经起飞，做你的向导
带着你，向着它们心向往之的地方

尽管积雪尚未融化
尽管西风还很凌厉
透过碧蓝的天际
我想到燕子出发的地方
江水比杨柳还绿

我已经准备好了我的呼吸和心跳
迎接你的天生丽质
用我热情的双臂拥抱你温暖的胸怀
并以我家乡的山川河流作为请柬

向你发出诚挚的邀请

请你莅临，请你驾着紫气
征程万里风光万里地莅临
请北风与东风交接方向的驾照
请飞雪和细雨交接抒情的模式
让你我在万物复苏的歌声里相遇
这是宿命，也是注定
从立春开始，让男人和女人
梦里梦外都是花好月圆
从立春开始，让城市和村庄
处处都飘溢着鸟语花香

雨　水

请让我张开双臂迎接你
在立春之后万物开始复苏的时候
我已经为你准备好了一个冬天的酝酿
身躯如大地一样厚实
任你的飘洒处处生香
我知道你的名字叫雨水
这是国人叫了你几千年的名字
到现在还是那么新鲜水灵

我的相思在你的轻声慢语中缠绵欲醉
醉入峰回路转的山水之间

让我面对远方不再伤感
而是专心流连于大地的苏醒河水的欢腾
流连于袅袅的炊烟和万家灯火
在做过一冬的酣梦醒来之后
看在你的滋润之下
青山依旧在几度夕阳红

是的，春天的土地情人一样接纳你
直到长出一万里新芽如无数个新吻
并且让爱你的人爱所有的事物
爱他的父母妻子还有朋友
爱他的学习工作还有生活
爱在春天的路上飞来的小鸟和蝴蝶
爱在现实中的现象和幻想中的幻象
爱一切值得歌唱的赞美的和欢乐的

让我们爱与被爱
让我们被爱包围站在爱的中央
把第一场春雨当成爱的序曲
从南到北从东到西从天空到地面
一直到达
爱你的人和你爱的人的面前

惊　蛰

雪，卧在三月之上

你，卧在三月之下
雪融了，向下走
你醒了，向上来
顺着青草的根儿
扒开青草的叶儿
听从遥远的南方传来的雷声

南来的风把春雨酿成美酒
醉人醉物，醉不了你
睁开惺忪的眼，伸一伸懒腰
你分明看见
一个少年在柳荫里系马
一个少女在暖阳里怀春
牛羊们吵着闹着从圈里涌出来
撒着欢儿地奔向一片青草地

北边远处山尖上冰雪尚在
南边小河岸上多出几朵桃花
一川的烟树，满城的风雨
晕染一天一地的好春光
你高兴得一个呼哨上了柳梢头
借柳树婀娜的腰身荡起了秋千
满眼的春光便前摇后摆晃来晃去

春　分

三月的胆气气冲霄汉

平分春色给可爱的人间
一半分给了白天
一半分给了夜晚
一半交给今后
一半留给从前

我站在春天的中央，举目顾盼
向前看，春光十万，无边无沿
向后看，十万春光，扯地连天

春天的队伍浩浩荡荡
我被裹挟其中，前呼后拥
前呼的，是春风春雨开路
后拥的，是春草春花生遍

从眼前到天边
春天的队尾还在南方，南方已草长莺飞
春天的前锋已到北国，北国正冰澌雪泮

春天的队伍彩旗飘飘
所到之处就改变了山川的容颜
山变青，水变绿，天变蓝
让人明白了什么叫作鲜妍明媚
更让人知道了什么是锦绣河山

清　明

仿佛是一种天性
忧伤与怀念同感恩的心情一起
在四月，与一片叶或一朵花同时长出来
被东风吹着被清明雨浇着
你是踏青者呢？还是青草地上寻找献祭的坟茔
想通过青青的小草同草根底下的灵魂对话的人？

小草、树木或者麦田
大地将一片新绿呈献给所有的生命
记忆在这个时节里繁茂地生长
那一瞬，清风与细雨双目交接
把那些峰回路转的山水引入深沉的思绪
在大地与天空之间，通过返青的缠绵
让人想起久已逝去的亲人
以及成为往事的炊烟与灯火

仿佛多年以后
那些你曾经熟悉的或者不熟悉的故事
同青草或者杏花一样
通过一个节气与一座家园
发生密不可分的联系
让人在同一时刻
想起歌唱或赞美也想起欢笑或哭泣

知道吗，我最亲近的灵魂？
此时，我已准备好我的呼吸和心跳
准备好我同春天一样回暖的情怀
在惊蛰第一声响雷炸响的抒情序曲之后
把我铺天盖地的怀念与感恩通过清明雨
送达地面，并通过看不见的小草的根系
送达到你或你们的面前

谷　雨

守着千年的历史，我们精神不变
守着先辈的土地，我们传统不变
一年中最忙碌的日子从此开始
村庄的周围，我们开始播种土地田园

村庄以南的那条河，河水更绿
村庄以北的那一脉青山，山花烂漫
绿树环抱的村庄，柴扉掩不住人欢马叫
播种的旋律，便唱响于阡陌回荡在田间

河上的垂柳以水为镜，映出汉唐风韵
村里人家生儿育女，守护着心仪的盛世家园
千年的历史我们一脉相承，谷雨时节
我们播种的是一年的希望绵绵延延

一场喜雨落在布谷鸟的叫声里
田野上笼罩着轻轻的雨雾仿佛梦境一般
以大地为纸以犁耧作笔我们正完成一次书写
梦想伴着种子就播撒在字里行间

蝴蝶，蝴蝶飞出花海为辽阔的田园起舞
蜜蜂，蜜蜂唱响歌谣把甜美的生活礼赞
我们播种着土地，就是编织岁月的经纬
在日子的锦绣上，我们用双手飞针走线

写在北方的早春

冬末的雪花弥散未央的思绪
月光摇落遥远的花风
在我北方的玻璃窗润开晶莹剔透的梦
让我静静阅读纯白的画风
那冰花里的雪玫瑰清晰我眼眸里的
每一个早晨的初相见

窗外的风景
选择疏懒的柳条被风摇曳
选择沉默的高塔伸向河边的天空
选择阳光的影子洒满冰河
选择远山一痕衬托半座小城

黑白分明的昼夜概括不了现代的生活节奏
长街收集着多少相同匆忙的脚步
而我的笔尖正流淌着时光之墨
将忙碌和时间合订成
墙壁上的日历被生命翻阅

谁在寻找下一个日子
桃花盛开的村庄
和爬满豆角秧的篱笆小院?

春天的脚步

红梅绽放花蕾
大雁开始远征
记忆中的路是旧的
翅膀下的时光是新的
江畔的垂柳，柳眼惺忪
江水的脸上浮出早春的酒窝

二月飘然而来
少女一样步步生香
在她的身后，跟着春风春雨
走着走着，草就绿了
走着走着，花就开了
走着走着，就春满人间了

梨花三月

一树树梨花开在三月
那是雪之梦跨过冬季
以雾凇的形式诠释春天
让你想到寒冬之美穿过皑皑苍茫
被东风轻轻一抹
便卷起千堆雪的浪漫

那洁白活泼的梨花于枝头跳跃闪烁
让你面对的同时涌起梦一样的惊叹
涌起梨花雪一样漫无边际的情思
心思的键盘被敲击
一个个词语就飞上梨花枝头
想描摹这无瑕美玉般的纯美

你可以陶醉，你可以忘情
你可以唐诗宋词一般写出一首绝句或小令
把你的超然融进柔软再涂满你的内心
让欢乐在有声有色的氛围里飘逸馨香
然后忘记尘世中带来的一切抑郁烦恼

你可以把伊人的倩影映在梨花眼中
在赏梨花的同时让梨花也赏你的爱

承认幸福和美是一对孪生姊妹

在香雪海中你如一只蜜蜂一样

陶醉于一朵梨花的胸怀并忘记来路

亲，你在甜蜜的蜇痛中觉到我的吻了吗？

梨花颂

白衣绿裳
对着太阳打扮梳妆
眼眸如星，肌肤如雪
楚楚可人的经典形象
只为春天锦上添花
把春色推向了最高潮

没有大红大紫
除了清香还是清香
除了洁白还是洁白
也许，在没有遇到你之前
其他的花都认为自己
是天下最美的

风里窈窕
天生丽质难自弃
回眸一笑
三千宠爱在一身
在你面前
你的那些姐妹
临水踟蹰望月伤心
谁还敢与你争宠

蝶恋你，蜂爱你
它们的眉眼开满爱情
却不如我花前一壶酒
你笑了，我醉了
一腔相思唱出了心曲——

"梨花开，春带雨
梨花落，春入泥
此生只为一人去
道他君王情也痴……"

朦　胧

窗外，雨滴着，雪飘着
我没有出屋
从一本诗集里歇下来

隔窗看，雨夹雪濡润着桃花
小院的春天正追忆着冬天
桃花，披上雪白的外衣
粉色隐约的胴体
让我有些摄魂夺魄
一整天了，我沉浸在诗歌的意境里

在季节的夹缝中
雨、雪还有花朵
都显得出类拔萃
彰显着自己的个性

诗中，那个赶考的举子
竟然把一碗水喝出了酒的味道
让我也有点眩晕，有点迷惑不清
这下，我如果写诗
不知道是把我朦胧了
还是把诗朦胧了

三月的门打开

三月的门打开
我们走进春天
听风听雨
心情怡然
忧伤悄悄地远去
就如同远去的冬天一样

小院里的桃花开了杏花开了
院外小道上的丁香花也开了
不远处的草地上
有人在放着风筝
孩子们奔跑打闹着
吓得几只蝴蝶落荒而逃
仓皇的样子很美很动人

妫河水哗啦啦的
岸边的新柳绿莹莹的
三月，有声有色
让我刮目相看
让我侧耳倾听
并教我要做个有情有义的男子汉

悠悠绵歌

悠悠的一曲绵歌
山水就唱绿了
你的嗓音
就是春天的风
就是春天的太阳

新绿中有太阳
万花中有芬芳
你的，你的歌喉
是玲珑的风，翡翠的玉
是杨柳婆娑婀娜的序曲

白居易的杭州绿了
王安石的瓜洲绿了
送君南浦，长亭短亭
慧能法师也无法禅定的尾音
呼啦啦飘过古道芳草

将所有的情绪
在夕阳里抹个通红
心之韵滚成瑟瑟的江水
一帘幽梦掀开滔滔春情
向天边放逐波光云影

春光　留不住

花草是
大地的
新衣

莺歌是赞美
燕舞是
皈依

你献上热爱
我献上
痴迷

春光太美了
我们
留不住啊

留住的
是记忆
是珍惜

第二辑

致敬夏天

写在初夏

一些花儿合上五月
一些叶子展开六月
谁的步伐放不下迷恋
竟走失在茫茫的绿色里

鸟的歌声掺上水音儿
就是夏天的雨
梦刚刚舒开身姿
就淹没于草尖的露珠里

蝴蝶远走他乡去了
蜜蜂长途跋涉去了
只有黎叫鸟儿来了就住下了
于青枝绿叶间唱响每个黎明

鲜花脱下彩色的裙子
被女孩儿穿上之后
夏天便在温柔手指的指点下
透过雨后的七彩虹
水灵灵的葱翠着
所有人的感觉

立 夏

燕子筑巢时节，我家屋檐下开始热闹

院门前的大杨树根深叶茂

不远处的湖水与天空肝胆相照

一群飞鸟掠过平原和高山

俯瞰一万里海一样的碧绿

记忆越过春天的厅堂推开夏天的门扉

青草与野花交织在一起

河流与山峦交织在一起

风起处，你看到的是麦浪还是草浪

起起伏伏的，以绿色滚动的语言

告诉你，什么能繁茂你的记忆

而此时此刻，我只把赞美之情

融进天空的流云，并时刻以及时雨的形式

把我爱过的大地再爱一遍

从这时开始，面对旭日或夕阳

我最爱看青山显翠层峦如画

最爱听喜鹊唱着赞歌飞临我家的小院

最爱站在山野田畔

回望村庄隐映在柳暗花明之中

又被炊烟袅然书写的情景

而池塘里莲叶出水大如钱的细节
让人好想在清风徐来的时候
吟诵一首山水田园
静静地回味唐诗或宋词传达出来的
穿透千年未变的幽美意境

此时，我就站在夏天的门前
面对一个即将来到的郁郁葱葱的季节
我只想捧出自己的愿望
把最美好的祝福
真诚地呈献给未来一段幽深的时光
并祝它风调雨顺，雨顺风调

夏天故事

美滋滋的幻想
遇上美滋滋的邂逅
生活让我走进夏天
也爱上了夏天
爱上了夏天的炎热
也爱上了夏天的阴雨
因为，我的故事
从夏天开始

一把油纸伞
从雨巷里走了出来
与我撞个正着
故事一开始就充满浪漫
在诗歌一样的意境里
那个姑娘的一个回眸
就为我的心打开一扇窗
窗里窗外弥散着
玫瑰一样的梦
这个梦让我心醉神迷
也让我想入非非

夏天，可以随处走走

不管阴天晴天

大街小巷，都有

撑开花折伞走着的女孩儿

她们的秀腿短裙遮不住

她们的曲线霓裳遮不住

裸露或隐藏都透着美丽

养我的眼，乱我的心

心事陪着夏花慢慢绽放

从我的脚下一直延伸

延伸到河边草延伸到青纱帐

延伸到那位姑娘居住的地方

我渡过爱河穿过爱情小道

只等夏天熟透的时候

与她一起收获爱情

落着丝丝微雨的夏天

落着丝丝微雨的夏天

是最美好的日子

不管是凭窗而望

还是走在雨中

都会使人产生很多联想

而那种氛围

渲染得人心中一尘不染

并且在自然的造化中

释放心中的得意或失意

却没有矫揉造作的痕迹

好多领悟也许都来自上苍的启示

丝丝微雨是清醒与安静的良药

没有谁来纠缠

心境天高地远

水灵灵的虫鸣鸟语

使燥热的情绪平静下来

隐私从最隐逸处露出头角

窥视做人的真谛

内心深处释放长时的隐痛

绽放淋漓的花朵

生命需要储藏也需要释放
营养的吸收与废物的排出
都是人体必需的方式
内涵与外延的比例若不失调
关键在某一时机闪过之时
放飞所有的灵魂
经微雨和岚霭洗过之后
葱郁的生命便会沉浸于乐土
做自由自在的吐故纳新
大音希声，雨天便如此滋润

最美的风景

绿叶穿着绿裙，手扶枝丫
婆娑着摆出了小鸟依人的姿势
我沿着小径穿过树林草地来到河边
看燕子点水蜻蜓点水
听风中绿叶沙沙的声响走遍原野

心事生翼扑扑闪闪落在水中央
打个漂亮的水花溅湿河上的莲花
摇着荷叶陪小鱼说话，数说涟漪的旋开旋落
看清风摆柳，树下撑出小舟
桨声荡漾一个柔润的梦

我多情的眼里此时全是柳叶样的小描眉
少女的表情一半羞涩一半渴望
苗条的身形窈窕着藕荷色的衣裙
每个少女都有心仪的恋人

这个时候，绿树林里，绿草地上
青枝绿叶，红男绿女
一个漂亮女孩儿笑着向我招手
淌在夕光下的一袭长裙
舒展成夏日里最美的一道风景

这是我的森林

这是我的森林
每一朵花每一片叶都是我的
每一棵草每一棵树都是我的
小鸟为我歌唱
虫儿为我轻吟
我的日子每天都是盛大欢乐的节日

没有闹市的喧嚣
却没有远离尘世
有的只是清风抚摸流水
有的只是白云轻拂枝柯
我只在这里徜徉休息
我只在这里生活劳作
我所接触到的以及所有接触到我的
都是圣洁的

这里没有仇恨只有亲昵
没有诅咒只有礼赞
没有孤独只有静谧
当我清早睁开眼时，云霞已将山峰点亮
当我夜里深入香甜的梦境时
月亮会和星星一起

为我和我的美梦编织漫天清丽的背景

这是我的森林
所有的花草树木
所有的飞禽走兽和昆虫
都和谐地生活在一起
太阳幸福的光芒
照耀万象之美
只因为这是我的森林

六月的婉约

六月，青荷穿上绿裙于水中照影
几只燕子掠过湖面，轻点柔软的梦
爱人和我走进黄昏，身后跟着金毛
夏天和六月，牵手在一首美妙的诗中
遣词和造句都特婉约

七月的绿

萋萋的绿，迷人的绿
遮没山里的夏天
太阳照着，月亮映着
草木蓊蓊郁郁

莽苍苍接连山冈
接连沟壑，誓守故乡的土地
听松涛鼓浪
缓一阵，疾一阵
催鸟语花香
回映一川烟雨
微风，牵动连天碧意

乡村被掩映
小城被掩映
歌声悠扬，古典与现代交融
唱成青翠欲滴的旋律

故土难移的是树也是我呀
在长夏的绿韵中
与家乡共享
北方七月的葱郁

八月的村庄

茂盛的葱郁
从八月的村庄开始
选择了你们
选择了村北的青山
和山下的田野

特别是山上的草木
那高高的绿色
远远超出了印象本身
葱翠如梦
满眼烟云

感受来自环境
这望不到边际的葱茏
比我想的更远
在夏天与秋天之间
接满昨夜的雨水

庄稼尚未成熟
但我已欢乐在握
夏天的尽头在原野铺开
以似乎约定俗成的方式
抚摩远远近近的村庄

听　夏

蔬菜水灵灵
庄稼水灵灵
葱郁有声
从我家乡的田园响起
它们
生长于我的庭院田畴
手牵着手，肩并着肩

圆白菜不怕臃肿
穿起一层层衣裙
却能招来玉色蝴蝶的青睐
豆角和黄瓜比赛荡秋千
逗得麻雀们喜笑颜开
西红柿手提红灯笼绿灯笼
为穿着灯笼裤的辣椒照影
竟然惹得茄子心生嫉妒
提着更大的灯笼招摇

玉米列起大队的方阵
于炎炎朗日下踢着正步
高粱懂得什么是窈窕
身量直往苗条里生长

谷子文文静静秀着自己的美
大豆簇簇拥拥张扬着团结的力

我把夏天从眼里移到心上
构思着我的诗句
咯吱咯吱，夏天在梦里拔节
我敞开胸怀摊开四肢打着腹稿
屏住呼吸，听着心跳的声音
仿佛体内有芝麻开花

荷花与玫瑰

你在水里种出荷花
我在诗里种出玫瑰
荷花出淤泥而不染
让人想到高洁
玫瑰亮出爱的芬芳
让人想到浪漫

蜻蜓点水之后
驻足于荷花之上
美，因为距离而神秘
蝴蝶翻飞于玫瑰之上
又在玫瑰之上恋爱
爱，因为相拥而美丽

六月的池塘遇见荷花
用清水托起荷花碧绿的裙摆
我在盛夏遇见玫瑰
用心盛下对你的爱情
在《荷塘月色》梦幻般的吟唱声中
我手捧玫瑰紧守承诺过的爱情宣言

开阔的草地　我心旷神怡

这里是一片开阔的草地

青草碧绿，鲜花朵朵

我走在草地中央的小路上

草上的露珠打湿了我的裤脚

噼里啪啦蹦出来的小蚂蚱

有的上了我的衣襟

有的上了我的肩头

然后又惊慌地跳走了

在这片充满生机

却又原生态十足的草地上

我有时弯下腰身轻抚一朵小花

有时又停下步子望着远山着迷

远山的上边几朵云飞来了又飞走了

远山的下面是一个淡绿色的湖泊

几只白鸟翱翔于湖面之上

寻觅着自己的目标

那欲望在飞翔的姿态上表露出来

让我看了似乎看见了自己

是的，谁能以翱翔的方式俯瞰大地

让血脉深处的颤动

成就不可磨灭的渴望

谁又能与我一起

用对望的生动表达清冷或温存

揪住那颗不再浮躁或者下沉的心

一起演绎生命的天荒地老

清风徐来

阳光洒在草地上

婆娑起舞的草地闪烁着婆娑起舞的光

似乎有温情拂过

野花含笑，频频向我点头招手

让我在这片属于我一个人的草地上

享受着人生最高的礼遇

此时此刻，我只能写下四个字

心旷神怡

再写下四个字

还是

心旷神怡

替一株小草瞭望远方

这是盛夏里的某一天的早上
在通往一个村庄的小路旁
我在一棵无名小草前俯下身来
看这棵小草那柔美纤弱的模样

我想从它的身上读一些寂寞
读它泪湿青衫时的忧伤
然后，像一只蜻蜓那样
轻吻它的额头或手掌

可是它，要么安静
像一个少女扶腮遐想
要么随风起舞
像一个少女舞她的绿色霓裳
看不出它的寂寞
读不出它的忧伤

那一刻
我莫名地直起身来
替一株小草
瞭望远方

伏天走笔

一树树蝉鸣叫出了三伏天的味道
一只只蜻蜓在空中飞翔
一朵朵夏花在山野里盛开

山雨欲来，荷花走出水墨
跟我说起了周敦颐，说起了朱自清
满腹经纶

一首关于荷塘月色的歌
被凤凰传奇唱成了传奇
谁听了都觉得动听

晚霞从荷花的脸上滑落下来
大地安详
我所说的一切
绿水和青山可以作证

我爱夏日青莲

如果笑意盈盈地将一份美好拥入怀中
我首推的是夏天，而且是烟雨蒙蒙的夏天
在家乡的妫河边，雨浥红蕖
那些高低错落的翠绿的荷叶
拥着高低错落的粉红的荷花
让我隔着水羡慕那些可爱的蜻蜓
它们可以随意地靠近随意地拥抱亲吻
或翩然或停留都随心所欲
让我的情绪如夏日的荷塘
漾动蓬勃的美

尤其是微雨中的荷塘
迷蒙中那些青叶衬托着粉荷
那是盛夏的热情铺开
铺开令人心醉的鲜花绿叶场面
熏风一吹，此起彼伏的摇曳
我最喜欢翠绿映着的粉红
矜持　羞涩　妖媚　婀娜
却又大方　清雅
与我的遥注构成天人合一的默契
只在瞬间就与我眸中的情愫相融

"出淤泥而不染，濯清涟而不妖"

隔着水波隔着千万朵涟漪

你能否也把我看成一支青莲

一支岸上的青莲

站成岸上的风景

和岸上的树木花草一样

正在与你遥遥的对视中

用全部的真心诠释对你的爱和赞美

你会用你的荷心这样想吗

我是青荷你是人

但我们也是互相爱慕的朋友

描　述

润润的草香气息
陶醉我的心情
虫鸣，舒展开来
撩人心扉的韵律
打在青青的叶片上
我听见露水滚落的声音

这是昨夜一场夜雨的杰作
而现在，我看见旁边的小溪水
涨了半尺，蛙鼓声
也随着抬高了几寸
石板上的青苔更绿了
几只白鹅卧在上边
没有引颈高歌
好像是在回忆一种静静的忧伤

风，很轻，走走停停
让我的奔放且行且止
自然中绵绵如缕的气息
似乎笼着梦一样的幽谧

谁的歌声飘过板桥
一直送达小径深处？

夏天停不下

这是怎样一个季节啊

那雷声，那闪电，还有雨的色彩

所有的目光都透着希望

轻抚地里茂盛的庄稼

生活之梦挂着彩虹，靓丽阳光的神话

夏风唤醒带雨的云朵

雨点跳跃，原野莽莽，道路漫长，河水奔流

我们在庄稼面前遐想

静静地聆听燕子呢喃的声音，蜻蜓点水的声音

蝉鸣如雨，淋湿了村庄和树林

还有那一棵棵果树

举起一枚枚青果，朝向夏天的太阳

拥抱阳光和阳光的色彩

童稚的心，盼着长大

青春的心，盼着成熟

再借彩霞裁一身喜庆的嫁妆

向着清风鼓起羞涩的脸，好像在说

等着吧，总有一天，我要出嫁

是的，时光停不下，夏天停不下

我们的心，比风跑得还快

去敲明天的大门

然后，张开双臂，用我们的热情

和一天一地浓烈的浪漫

迎接熟透的夏天，新娘一样

盈盈袅袅迈过秋的门槛

第三辑

致敬秋天

不　远

我一再确定
山峦、河流和葱郁的田野
已察觉天的清亮和风的清爽
离秋天的日子不远

高粱抬头谷子弯腰
露水一遍又一遍把黑夜打湿
黎明的太阳化身于无数个露珠里
被叶子高举着
草虫的合唱此起彼伏
秋天的日子，一定不远

春末衔着花红飞走的候鸟儿
现在又衔着橘黄飞了回来
把原野上的菊花涂抹得比阳光还灿烂
好像告诉我，别倚着夏天的背影沉睡
秋天真的离我们不远

在某一个晴朗的早晨
村庄人欢马叫的声音
叩响了我的门窗
爹扬了扬刚刚磨好的镰刀对我说
秋天来了，收获不远

飒爽的秋天没有失约

飒爽的秋天没有失约
因为霜叶已经泛红
我用诗歌描摹出已然许诺的佳期
你盼着，我也盼着
百里妫川是一望无际的情思

心在一言不发的菊朵里诉说
昨日一袭菊梦今朝遍地奇葩
我走出家门，走向原野
闻香而来，逐色而来
等你用家乡的彩秋填充我男人的情怀

把秋天搬回家

几朵洁白的云彩擦亮了天空
南山上的长城看着我
东篱下的菊花看着我
站在门口，我借着秋色放松心情
风像是一位知己
几声耳语我就心满意足

该磨一磨镰刀了
该腾一腾小院了
我那三亩地的玉米呦
我那半亩地的谷子呦
小院里的豆角架一拉黄瓜架一扯
所有的空间都是你们的

天空湛蓝　远山安静　田野金黄
秋天铺天盖地而来
得赶紧进趟城
割几斤肉买几瓶酒
吃饱喝足鼓鼓劲儿
好把秋天搬回家

被 俘

从第一声虫鸣
到第一朵黄花
欣赏二字掀开眼帘
从我的眼睛里走出来
看秋天的那一场雨那一场风
越过西山越过落日
落在一位身着风衣的女孩儿身上
因为，这是我在迈进秋天大门的瞬间
看到的第一个身影
苗条　婀娜　充满了自信

在走向秋天深处的小径上
我并不感到孤单
你在前面走我在后面跟
把我领入秋天的圣地
看第一片红叶
被攀在山崖高处的藤蔓举起来
像举起一面红色的令旗
呼啦啦，漫山遍野的叶子
便跟着红火起来
我深陷于秋色的包围
此时的你，回过头来，嫣然一笑
伸出妖精的手，将我俘获

刹那间

喇叭花爬上豆角架练习唢呐
紫苏叶子的香气缓缓上升

一树的苹果被秋天的阳光映红了脸蛋
孩子一样，躲在绿叶后面捉迷藏

推开屋门，金毛摇头摆尾朝我跑来
满脸笑眯眯的模样

篱笆墙下，几朵菊花你看我我看你
比试着漂亮的新装，纵情嬉戏

少女于墙角处飘然而出
刹那间，倾倒所有秋色

东 篱

菊开了，等待秋风的爱抚
草虫儿，还在错落有致地吟唱
东篱下有声有色

草儿，有些泛黄，闪着霜露
这种情景
仿佛从当年陶令辞职以后开始
一直持续了上千年

一抹银白是曾经的辞呈
还是汗水伴着酒水洒落的颜色？

月出于东山之上
苍白的遗落比露沉比霜白
映衬着乡村的秋夜

东篱外一条小路的影子
蜿蜒于夜的方向
如同星野下执着的思念
……
一双脚印曾经走过
一双脚印正要走过

秋天与情人

秋天，可以随意找到一片月光
月光清亮亮的，照耀着一对情人

秋天，可以随意找到一棵树
树上挂着果实，吸引着一对情人

秋天，可以随时遇到一场雨
雨水很热心，拉近了一对情人

秋天，可以随时遇到一阵风
风很狡黠，撩拨着一对情人

秋天，我正在读着一首诗
诗不长，却藏着一对情人

我惊诧于我的秋天了
秋天，是收获的季节

我的秋天，收获颇丰
但，没有情人

秋　叶

浑身沾满老去的寒露崭新的清霜
也沐浴老去的月光和崭新的阳光
以及花香、鸟鸣
穿过人间的烟火与冷暖
你一身彩衣如凤冠霞帔
在壮丽了家乡的原野
妖娆了大好河山之后
于猎猎西风中众目睽睽之下
打马而去
如手扶琵琶远道而去的昭君

在雁叫声声里竭力缅怀
回味因你而葱郁的盛夏
也回味因你而辉煌的金秋
如今，那道长长的流水还在流淌
只因照不见你光彩的身影
而显得困顿单调
山峦也因怀念你而变得清癯
嶙峋的背上只剩下夕阳

故事遥远，传说遥远
我相信：江山是真的

英雄是真的，美人也是真的
所有的欢乐和苦难都是真的
每个人都像一片叶子
在自己的轮回里生活
也是真的

九月之思

九月的风景最宜人
风儿蘸着白露弄湿了蛐蛐的歌声
走过的夏天，还时不时回过头来挥手
挥着挥着，天就高了，气就爽了
明晃晃的是水，平坦坦的是路
戏台天大地大，只等秋来登场

一片片叶子如一张张书页于风里招摇
用飒飒的声响让你翻阅每一个日子
让九月之思回顾沸腾的已往展望幸福的未来
让我想起"锄禾日当午，汗滴禾下土"的情景
让我看见"待到重阳日，还来就菊花"的时节

于是，我模拟九月的色彩
让欢欣跃上每一张生动的脸
我模拟九月的风，让霜叶彩霞般绚丽
我模拟九月的父亲，磨好收割的镰刀
待成熟随之而来，上演一场丰收的大戏

写在十月

十月收割的玉米
有父亲身上的汗味
借助我的嗅觉
收获，在父亲多皱的脸上
洋溢着热腾腾的饭香

还记得和父亲一起锄地时的感受
在田边大树下休息
父亲的烟袋燃着袅袅的疲倦
灼热的太阳考验着我的意志
父亲，因我的加入而喜

每一粒粮食都连着父亲的心
就像他的儿女们，就像我
庄稼，田边的小路
拉庄稼的车辆还有村庄飘起的炊烟
无不反映出父亲的心境

现在，我却坐在宽敞的楼里
苦读一些与农业无关的书籍
想到那一天炽热的太阳
我与父亲的距离

就是城市和村庄的距离

目光越过小城的边缘
脑海里的村庄或田野
挂满感人的汗水
轻轻推开任何一片幻觉
我只看见对着玉米发笑的父亲

春与夏的守护
于十月完成一片丰收的景象
在小城的温馨的楼上
一个儿子正在想着有关父亲的事
还有那座典型的农家小院

秋天的绣娘

秋天的阳光似针
秋天的风儿似线
是谁一针一线的绣
绣出一幅如锦的绚丽画面
菊花黄了，枫叶红了
白菜绿了
点缀在
大片大片成熟的庄稼面前

秋水澄澈如镜
秋山层林尽染
秋日的村庄人欢马叫
秋日的原野欢乐无限
看，那是谁家的烟囱
正冒出缕缕炊烟

你说，那是秋天的绣娘
每天在飞针走线的同时
还为我们备好一日三餐

握一握西风

树叶，握一握西风，就黄了
小草，握一握西风，就枯了
白露，握一握西风，就成霜了

大雁，握一握西风，就朝南飞走了
小河，握一握西风，就困得想睡了
菊花，握一握西风，就躲进诗歌里去了

庄稼，握一握西风，就成了满地故事了
故事的情节，被庄稼人握一握
就成了过日子了

亲爱的，我们的手互相握一握
生活，就成了甜蜜幸福的了
你说是不？

我是一株北方的玉米

中秋雨甩着清亮亮的目光
迈着沙沙轻快的步伐向我走来

我是北方的一株玉米
经历几十天的干旱
抱着干渴得脱了相的孩子
苦苦地等待着你的关顾

你湿漉漉的抚摸
你甜甜的亲吻
使我们得到了继续生存的力量
我会抱着我的孩子走出庄稼地
兴高采烈地回到我的村庄
去报答，去感恩
去热闹农家简单而朴实的日子

写在中秋

旋转的季节指南
秋天的脚步踏上跑道
风的发令枪是一连串的音符
初秋、浅秋、中秋
潜伏期藏在葱郁之中
于虫鸣的情韵之中崭露头角
天气渐凉
为每天的晨昏送爽
池塘的水渐清
被西风拂拭如明镜
清亮远山的倒影
候鸟，于梦中谋划来时的路

而我们的心如即将圆满的明月
于静夜轻泛最温柔的光华
把整个夏天的经历打包
然后放在春的后面
一同迎接秋的到来
让秋梦闪烁快乐的星月之光
点缀甜甜的夜
绿与黄的交接日升月落般自然

我似乎看见

霜叶在门外飘动

摇晃收获的日子

月中嫦娥，披着最美丽的盛装

走在最高的 T 台上

轻舒广袖

招徕亿万人的仰望

一场秋雨之后

一场秋雨之后，夕阳更远
我与一本诗集把酒相遇，猜拳酬文
诗韵里有前朝的文人今朝的雅士
当然还有一个我

一些诗句里坐落着田园
一些诗句里铺排着大漠
炊烟窈窕，孤烟耿直
我感动于诗意盎然的气息

一辆马车停在如火的枫林边
邀约上如醉如痴的我
深入古道夕阳炊烟飘散的旷野
成为画中人

这就是秋天

酸广梨酸了

甜苹果甜了

大枣红了

柿子黄了

孩子们说：这就是秋天

谷子低下头不言不语了

高粱挺起胸红光满面了

玉米的腰包越来越鼓都露出金子了

庄稼人说：这就是秋天

有的树叶黄了

有的树叶红了

有的树叶紫了

有的树叶还绿着

游人们说：这就是秋天

一些菊花开在东篱下

一些菊花开在野地里

一些菊花开在山坡上

一些菊花开进诗歌里

诗人们说：这就是秋天

山高了

月小了

水落了

石出了

古人老早就说过：这就是秋天

秋天走了

秋天走了，把丰硕留给了田野上的人家
把萧瑟留给空旷的原野
一条河，从一个村庄流过来
又蜿蜒过我的村庄
韵味正在从秋天的尾声转到冬天的序曲

阳光似乎比中秋的还亮
只是田野里的故事更简单了
枯黄的野草和疏落的树林像是过渡段一样
只等季节的情节起伏成经典的章句
让我们一页页翻阅

雁声凋零的晚上，弯月如镜映着广寒宫色
柔美的夜空丝绸一样泛着恬静的黛色
听，是哪里的箫声送给遥夜一缕缕悠扬
让我禁不住举杯邀月，问长袖轻扬的嫦娥姐姐
什么离我最远，什么离我最近

第四辑

致敬冬天

啊　雪

漫天星光羽化
织女巧手剪裁

纷纷扬扬云中来

洒向人间全是爱
泼墨飞白

书江山壮丽
致俊美情怀

爱的雪花

是谁在夜里洒下一片片雪花
天上人间串联起我的想象
从雪花里捞起星的影子
晶莹闪亮溅起夜的美
装点了梦的爱和爱的梦

所有的人都睡了所有的声音都静了
只有我和那盏灯在倾听
倾听雪花飘落在我的小窗之外
一种别样的感觉如雪闪亮
将弥漫在我心底的色彩穿透

思念顺着雪花的来路飘摇而上
透过云层吻在月的唇边
我仿佛看见了你正在轻歌曼舞
微笑与我的目光相遇
幸福如雪弥漫我的周身

雪花于夜色中光顾尘世
轻叩我的心灵之门
思念被染色成雪的模样
我仿佛听到爱之神在鼓励你我
一起歌吟，一起搀扶，一起变老

冬日物语

凛冽的北风引逗第一朵雪花开在初冬

百千万朵雪花接踵而至

一声祝愿，如点亮夜幕的晨曦

点亮冬夜不会灭的灯盏

在炉火火苗探头探脑的观望中细数呼吸

沿你青春的躯体，尾随一缕缕念想

把少女羞涩的梦境

流淌成浓烈的玫瑰花开的声韵

冬天注定你生命里的闲暇

长夜掩藏着爱的疼痛

怀念，遐思，幻想

顾虑重重，心情散乱

鸳鸯戏水蝴蝶恋花的情景

从冬日长夜的星光上悬空而下

搅扰得你辗转反侧夜不能寐

想雪花的冰清玉洁，如你的品质

想春天的明媚鲜艳，如你的妙龄

而我奔走的语言能否借着冬日剽悍的北风

延伸到北方村庄一所农家院

北屋的一扇窗内

切切袭入你聆听的耳畔
猜你心语在腮边展开时的微笑

于是，我借雪花临摹
临摹雪压彤云白絮飞的冬日
临着临着，就把一朵雪花
临成一朵梨花开在三月
如梦与你的丰姿绰约
一袭白衣，轻叩我内心的朱门
让我兴奋不已让我激动万分

冬天了

归根的落叶圆梦乡愁了
抱香枝头的菊花忠心可鉴了
凛冽的北风粗中有细
献上雪花
纷纷扬扬抵达冬季了
山河被织成玉色的锦缎了
只等名字叫"腊月"的绣娘
绣出梅花
在洁白之上绽放嫣红了

冬天的入口

脚下的路伸向冬天的入口
西北风鼓着掌淹没了足音
我似乎还沉在秋天的意境里
做着红叶一样美的梦

海坨山顶被雪色抹白
眼前的妫水似乎有些发困
妫水岸边的村庄无忧无虑
小城无忧无虑

疏落的树林随风摇曳着
抚摸着眼前的记忆
我已经把心灵腾出一角
好装下冬天家乡的印象

冬天多好

太阳越来越低了
影子越来越长了
白天越来越短了
晚上越来越长了
人家屋顶的炊烟猫着腰奔跑
想要追上冬天的风

喜鹊迎风飞来登上枝头
踮起脚尖唱歌
让一群麻雀嫉妒
叽叽喳喳的未成曲调
就先乱了自己的方寸

家里的大灰狗
见了我就可劲地甩尾巴
用呼着热气的鼻尖拱我
要我带它出门
让我看着它在雪地里撒欢奔跑
然后回过头来高兴地冲我大叫
似乎在说：冬天多好

冬 月

冬月，名不虚传
西风飘雪降温冰冻
我的思绪也学着山的模样
嶙嶙峋峋的，瘦成骨头了

此时，应该下雪
但风比雪来得方便
裹紧棉大衣或羽绒服，尽量不去想冬天
也不去想夏天火热的情节
只想跺跺脚，在一点点散开的热量里
做一个小小的梦
梦里有玫瑰绽开，既古典又浪漫

冬月，可以随心所欲地休闲一下
秋天的忙碌都成了过去，春天还早着呢
山裸露树裸露水冰封的时候
你可以尽情地围在火锅前
涮涮羊肉喝喝小酒听听小曲
让单相思酒鬼一样随意折腾

冬月，看着那些裸露如铁铸的树时想着春天
心事会越过寒冷去寻狂舞的蝴蝶

会想着鲜花盛开去嗅吻花香
但最多的时候是想起现实想起眼下
最好是和心爱的人在一起，冬天的日子
照样过得很温馨，过得如火如荼

冬月过后就是腊月，一想起过年
谁的心头都会挂上大红的门楣
贴上喜庆的春联
眼下的日子承上启下，未来的日子芝麻开花
亲爱的，冬月虽然难熬，又能把咱们怎么样

家乡冬日大雪飞

雪花翻飞着，落英缤纷

在我的视界里演绎着家乡冬日的景象

是来自高天还是来自神奇的童话世界

那些雪花如一个个活泼的小精灵

晶莹聪明灵活好动

落在地上，地上洁白

落在草上，草上洁白

落在树上，树上洁白

落在远处的山岭，山岭洁白

那么一朵朵小小的雪花

竟能装点世界，浩浩瀚瀚

我实在佩服雪花的胸怀了

雪日的家乡是真正的雪国

飞雪蒙蒙积雪蒙蒙

寒冷乘着雪色翻山越岭扑面而来

白天看不见太阳

夜里看不见月色

整个世界银装素裹一尘不染

此时的景色让人觉得如生活在梦里

空旷里只有簌簌的雪声

声音不高，却弥漫着整个世界

仿佛是在大写意的画里
浓浓淡淡的白深深浅浅的白明明暗暗的白
颜色只有一种，却涂抹出壮丽的河山

雪落无疆，一切都是那么自然
让我无法用笔完全而逼真地描摹出来
但我还是想描写
伸出手接住一片雪花融化清凉入心
再伸出手接住一片雪花融化清凉入心
让晶莹的清凉一遍又一遍擦拭我的心境
好腾出空地让激情燃烧让遐思绵延
为此，我守在家乡哪儿也不去了
我要在冬的意境里养育我的灵感
过一个冬天再一个冬天
直等到 2022 年冬天千树万树梨花的娉婷
引来全世界人艳羡的目光和赞美的时刻
我要用一支毛笔一壶热酒和一腔豪情
狂草出家乡冬日大雪飞和雪上飞的浪漫

冬　至

一阳生的时候
昼是最短的，夜是最长的
热的涌动，在太阳回转身子的那一刻
与地心深处的岩浆相互感应
流云在天上用雪花的词语构思吉祥的祝词
流水在冰下照见一个个鱼跃的酣梦翻腾着浪花
天地之间，似有一双空洞的眼睛在容纳着什么

当大地上的万物都睡了
冬天才走出一半儿的路程
酷寒里，我们开始从一数到九
九九归一，把自己围在季节轮回的圈子里

在冬至这一天
我要把所有的杂念都放下
再把我的爱
包成洁白如雪香气如梅的水饺
我们围炉而坐
举杯，我要叫你亲人

冬日小情调

一场雪，山川皆白
大地很干净
扫出来的小路很干净

扫雪归来
坐在温暖的火炉前
喝酒听歌
一屋子的安静

习惯了冬日的闲暇
把整个人交给懒散
摊开一本书却没有看的意思
呆呆地傻想

想一个传说
想一个故事
想梦中归人
突然叩响我的门

将一枚雪花攥成露水

爱是洁白无瑕的
风儿吹向季节的深处

让我在这个季节里
喜欢上淡妆素裹
喜欢上第一次相见时的印象
于是，一条小径不再伸向草野
而是伸向我的心灵深处
让牵挂带上一份祝福飘过花丛
暗香袭人

只是怀想你凝重的叮嘱
在回忆里亲近一脸纯情一身洁白
好像在梦里一样
一个花枝招展的女孩儿
撑一把小伞
用穿过幽巷渐行渐远的背影
留下一串敲响我心钟的声音

于是，就到了雪飞雪落的日子
我的每一个脚印都会被你的身影扣住
孤独如一位执着的少年

开始奔赴你的心灵之约

在掌心深处，将一枚雪花攥成露水

晶莹那朵最美丽的心花

靠窗而立

北风袭来，流云把雪花藏进梦里
小河困得打盹
我靠窗而立，将自己放在阳光的掌心
把冬日的颜色装进一壶白酒
听北风把一腔豪放吼得字正腔圆
让我的脑子一半是已经过去的秋天
一半是尚未来到的春天
两者之间，是擎着酒杯的我
正慢慢啜饮着冬日的时光

最初的花瓣都是干净的

最初的花瓣都是干净的
少女的浅笑都是干净的
你在春天之外站立出云的风韵
献上一个干干净净的季节

岁月如歌
翻开时光的书页
你年轻的忧愁是那样的美丽
如你年轻的欢乐

天空洒下洁白的雪花
肯定有仙女的霓裳在孵化爱情
雪花的色彩就是婚纱的色彩
洁白的雪花告诉我，爱的源头来自天上

那是誓言化成的精灵
是安琪儿的羽翼翩跹
安慰你我和无数相爱的少男少女
雪花飘落婚礼进行曲已悄然飘近

雪 梅

云朵敞开心扉撒下花朵
洁净的花瓣泛着光芒
纯白的霓裳舞成羽衣故事
故事翩跹延伸到我的身旁
踏雪寻梅，邂逅醉酒的梅花
梅花卧在雪花的怀里
固守一枝，高贵清香
如醉酒的贵妃
倚在沉香亭上

盼 雪

今年冬天我一直为雪踟蹰
把想象延伸到不见雪意的山野和城镇
在一场又一场感冒的袭击中
等待一场雪的来临
然后如释重负蜗居在温暖的小屋

让目光回归内心的静谧
在想象出来的雪地上
开出一条雪路
孤舟蓑笠翁，独钓寒江雪

把期盼与深情绽放成两朵红梅
一朵傲雪，一朵迎风
一起飘香，一起激动不已
一起朗诵那首著名的
"已是悬崖百丈冰，犹有花枝俏"的
《卜算子》

雪 四处深入

守望你的入口
我的双目撕开冬天的天幕
那是天外的来路
你的身影经过天空和云朵
经过秋天的蔚蓝和爽利

把手掌伸开，雪来了
落花洁白，霎时变为水珠，聚于掌心
风不止，云不止，雪不止
好像诗的来临
雪来，在另一手抚慰之前
在痴心不改之前
在四野茫茫都不见的时候
只有你，雪花，四处深入
深入苦恋，如我苦苦的等待

能有什么如此攥住雪，攥住诗，攥住情感
可是，诗易融雪易融
只有感情，顽固不化
这是来自心底的声音
非关雪，非关风，非关季节
手掌有些冷，心不冷

雪

一场雪

惊扰了我的梦
漫山遍野的拥抱
启迪了我的爱

打开一本诗集
那一页
是世人皆知的
咏雪名句

我无端想起
就要过去的冬天
我承认
我一直喜欢
雪花的纯洁和大气

因为
许多时候
只有渺小
才能成就伟大

雪必然是

雪必然是奇迹
从天上来的花朵
身心全部抚慰大地

雪必然是爱恋
如纯情少女思念的甜蜜

雪必然是团圆
元旦　春节
一家人围坐在一起

雪必然是梦是幻
是铺天盖地的了无踪迹

雪必然是得到是重逢
又是无可奈何的失去

第五辑

致敬亲情

啊 亲人

亲人，我梦里总会和你们在一起
在梦里，我能说能笑
因为，梦里的我想说想笑

梦里的我没有恐惧
因为有你们在，我会波澜不惊
我不会刻意雕琢自己
我没有渺小，没有卑微
有的是婴儿一样的纯洁
我可以有时间坐下来审视自己
在充满柔情的月光里把自己打开
让身心玻璃一样透明通彻

亲人，我会在梦里启用我浪漫的年岁
和你们一起打点行装
或者流浪，或者打拼
我在崎岖的山路上走一点也不孤独
因为前面有你们
我在这世界上可以保留我的个性而不被改变
因为，在人群里时时有你们的手拉我一下
我们不是人生若只如初相见的朋友
我们是血浓于水的亲人

真的，亲人！

就在昨夜的梦里

我还看见你们把热好的酒放在敞开大门的庭院

等我来和你们一起共饮

然后我们一起到河边看鸭儿戏水

你们说，亲人在一起

应该简单明朗

应该用微笑面对生活中的一切

没有阴暗更没有阴谋

不再流动的春天

起风了
春天在风中摇曳
春天在风中战栗
春天在哭

这鲜花就要盛开的时候
这鲜花就要盛开的日子
春天，夺走了我的母亲
春天在哭，我在哭

流云有情
在一个晴朗日子之后堆积起来
云，下起了雨
天，天也在哭

这是春天
北方的春天
紧挨着长城长城以北的春天
我失去了母亲

那坟茔，一座簇新的坟茔
堆在荒野上，堆在长城脚下

堆在我的心里，堆在儿心里
母亲走了，永不再回来

春天，这个春天很冷
可是，母亲走那天却很温暖
阳光照耀着母亲安详的脸
母亲走完了她的一生

母亲走完了她的一生
是在春天走完了一生
在小草就要绿的时候
在鲜花就要开的时候

那天，我向着春天流泪
我哭这个春天
哭春天走了的我的母亲
这个在我心中永恒的春天

这个春天在我心中定格
定格在二月二十七日上午十点
那天阳光很好
阳光下，一座坟茔堆起不再流动的春天

一座坟茔也将我的思念定格
那天，天气很好
阳光很充足

母亲走得很安详

这个春天
一个感情丰富的春天
就像我的思绪
我的思绪像天上的流云

又起风了
黄尘在黄昏袭了过来
风，撕着窗纸
也撕着我的心

那一夜
我无论如何睡不着
我又看到了母亲
生前的母亲，活着的母亲

我依偎在母亲的怀里
母亲抚摩着我
我跪在母亲的身后
为她轻轻地梳理着白发

我有好多夜梦见母亲了
喊声震惊了我的四邻
泪水湿了枕头湿了我的心
那泪水是从我心里流出来的

春天，多梦的时节
我的梦永远都是回忆
母亲只能出现在我的梦里
出现在我的记忆里

2004. 3. 25

清明雨

忽略了清明时节的风
却没有忽略清明时节的雨
我学一根青嫩的柳枝
把腰身弯低，再低
让思念雨水一样滑落
一直落向四月的大地

我分明看见
地上新生的绿草
正举起潮湿的头颅
朝向天空
朝向一只翩然而来的淡紫色的蝴蝶
我的已故的母亲啊
那是您幻化的身姿吗

我的想象随着路旁一朵蒲公英的清香
飞过家乡的河流和山冈
飞过家乡的村庄和土地
把清明时节的思念
送给遥远的往事和您消失了的背影
在清明时节的早晨
我在您的坟前同您说话

就像您活着时同您说话一样
就像我在梦里同您说话一样啊

母亲，我最亲爱的妈妈啊
您听见了吗？春鸟正在不远处的树上唱歌
您看见了吗？清明雨把您坟上的青草浇得碧绿
还有那些在坟前抛洒思念的人们
他们也和我一样
正把不尽的情思交给清明雨
源源不断地渗进草根
渗进包裹你们身躯的土地

2011.4

妈　妈

妈妈，春天来了，草长莺飞，鲜花盛开

这么美好的季节，怎么就填不饱我的心思

八年了，每到这个季节

都是我思念最痛苦的时候

知道吗，妈妈？您的儿子想您啊

想您在万物复苏的时候想您在春暖花开的季节

八年了。八年前的早春您离开了我们

离开了和您相濡以沫的老伴，我们的父亲

而现在，每到这个季节，都是我们强烈思念您的时候

记得，那一年，您的老病犯了

可是您却不愿意上医院看医生

您说，老毛病了，将就一下，忍一忍就过去了

您知道吗，妈妈？就是因为您的老病

我让我的女儿，您最心疼的孙女学了医

好等她大学毕业后能把您的病瞧好了

可是，您没有等到这一天

知道吗，妈妈？就在您孙女上班的第一天

我趁家里没人时瞅着您的照片哭了，哭得那么伤心

真的，妈妈！我还记得您在世的时候

每到春天该播种的时候，您活得比蜜蜂还忙碌
您是个急脾气，为了那几亩田
常常和老实巴交不爱言语的父亲吵嘴
您每天天不亮就起来，做好早饭，匆忙地扒拉几口
就急急忙忙下地干活了

您的泪水落下，您的汗水落下，地里的种子发芽
几年下来，咱们家也体面地盖起了瓦房
记得住上新房的那一天，从不喝酒的您
硬是从兜里手绢包里抽出几张皱巴巴的钱来
让我上村里的小卖部买了一瓶二锅头
"喝，咱都喝"那是我平生第一次见您喝酒
那也是我平生第一次喝酒啊……

现在，春天到了，您的祭日到了
我是那么想您，那么想您
八年了，每到春天都是那么地想您
以致我每年都盼春又恨春
春天没来时，盼它。春天来了，又恨它

2012 年春

凝视烛光

面颊轻痒
有泪淌下
摇曳的记忆
对着烛光
凝视久久
烛光里显母亲的笑
我战栗的心
如蛾，扑向焦灼的焚烧

烛焰袅一缕青烟
燃我寂寂的静默
忆绪如莲绽开
映母亲粲然的笑
往事飘忽轻移
撞我心之四壁
不再弥散
不再逍遥

2012.4

半个家

那年走了我母亲
我就像失去了半个家
连每天的鸡叫都比原来低了八度
连每天的炊烟都比原来矮了半截

每当回来看见越来越老孤孤单单的父亲的时候
我就想，这半个家维持得越久越好
哪怕回来只看见爹那堆着满脸皱纹的笑
哪怕回来只听见爹夸那只大灰狗多么听话
哪怕回来只为爹点上一袋烟满上一盅酒

因为爹在，哪怕只有半个家
虽然五十多岁了，我觉得我还是一个孩子，
我在家里还可以天真
我在外边还可以牵挂
因为，我有爹。因为，我被牵挂

父亲　走好

父亲，又是一年的早春
阳光中奔跑的风让我想起了母亲
十一年前的这一天
母亲乘着风追逐阳光去了
十一年后的同一天
您乘着风追逐我的母亲去了
让我对着阳光对着风
无可奈何无能为力

父亲，我想对您说
这该死的早春
让您受苦受罪让我难过悲伤
让我为了您不得不又一次面对大地
大地里埋着我的母亲您的妻子
现在，您的离去
让我再一次扒开土地打开母亲的坟茔
把您和母亲合葬

事先没有梦没有预兆
什么都没有
有的是突如其来和防不胜防
有的是料峭的春风里飘着雪花

让我守在咱家的院子里

相信有天意相信有灵魂的事情

父亲，您走好

您和母亲团聚了

真正的春天就回来了

（2015 年 2 月 25 日，我父亲病逝。2 月 27 日出殡。11 年前的 2004 年 2 月 27 日母亲病逝，当天就下葬了。没想到父亲也是 2 月 27 日下葬。和我母亲是同一天。只不过隔了 11 年。岂非天意?)

2015. 3

寂寞李花

今年老家院子里的李花
寂寞地开了
因为，父亲在早春的时候走了
没有了老主人的身影
就连老屋都寂寞了
就连小院都寂寞了

可是，我的李花啊
你开吧！
小院里还有父亲留下的
堆得整整齐齐的柴火在欣赏你
还有那条忠诚的大灰狗在欣赏你
还有墙外的老榆树
以及树上的喜鹊在欣赏你

你开吧，你不是孤守小院独自开
也不是孤芳自赏独自开
还有我呢？
我不是每天都抽空儿回来看看吗？
回来看看我的寂寞的老屋
看看我的寂寞的小院
还有寂寞的你，孤单的李树

以及那条寂寞的大灰狗
空落落的感觉填满我的心

是的，仿佛父亲出门去了
还没有回来
小院静静的
李花开着，静静地
灰狗卧着，静静地
只有我的心不能安静
父亲生前的形象
电影一样浮现在我的脑海
让我对着李花摸着灰狗出神

2015.4

怀　念

当我把您的笑容
描摹成回忆里的形象
春风里，借着花枝的背景
我编织着穿越时光的忧伤

总以为我还是个孩子
还得时时依赖您坚强的臂膀
总以为我还没有长大
还离不开您时时关注的目光

可是，苍天弄人啊
最悲伤的
不是知道您已经逝去
而是在下意识里
还以为您仍在我的身旁

此恨绵绵无绝期
只有相思无尽处
曾经的幸福美好
都变成回忆和怀念
总在我的梦里徘徊梦外彷徨

2015.5

生命的记忆

每天这个时间，还想按时给您打个电话
每周这个时间，还想按时回到您为我看守的老家
可是，我知道
电话已经打不通了
就是回到老家，迎接我的，也是紧锁的街门
站在老家小院的街门前
我再也不能听见您出来给我开门的脚步声
手拿电话，我再也不能听到您苍老而慈祥的声音
时间真快，日子真长
父亲，我的老父亲
同您生活在一起的那些个日日夜夜啊
怎么会如此清晰地记在我的心上？

记住了您的音容笑貌记住了您的秉性习惯
记住了您闷头不语的劳动记住了您坚韧不拔的品质
记住了您垒的小院和小院里您栽的李子树
记住小院里的豆角架黄瓜架冬瓜架和茂盛的紫苏
记住了您一个人坐在小院里静静吸烟的情景
记住了您高声吆呼大狗灰灰的声音
记住了您每天按时睡觉按时起床的习惯
记住了您坐在门口的花墙上等我下班回来的情景
记住了您为我做好的饭菜，热热的，冒着香气

记住了您看我吃饭时笑眯眯的样子

记住了在我心里不快时您劝说我的话语

记住了您对我母亲的无限的忠诚

因为，在母亲走后的 11 年里

有多少人为您提亲劝您续弦

都被您拒绝了

您在心里无时无刻不在想着我的母亲

为了那份怀念

七十多岁的您，一位地道的老农民

竟然学会了吹葫芦丝

那声声悠扬，全是您对您的妻子

对我的母亲的声声诉说声声思念啊

……

所有的记忆都是过去

所有的过去都是命运

连同我对您的怀念对母亲的怀念

连同我的乡愁

最终，都成为记忆，宁静而清晰

而且会越来越远

但是，我却感谢记忆

因为，这是生命的记忆

这记忆能让我穿越时间回到从前

回到和您在一起的日子

回到和母亲在一起的日子

这记忆会时时刻刻提醒我——

好好活着，到什么时候

也别忘了父母，别忘了生你养你的亲爹娘啊

......

2015. 5

那狗 那家

在思念的陪伴下
我每天都会回到我那农村的老家
寂静的小院
被那条忠诚的大灰狗守护着

我相信狗有欢乐和悲伤
因为狗有感情通人性
每次回到村庄的那个家
那只大狗都会热情地迎接我

它冲我摇头摆尾
满脸高兴的神情
我也一定弯下腰来
摸摸它的头和后背
跟它说说话

是呀，这是一条跟了父亲十年的大狗
父亲出殡那天它静静地趴在李子树下流眼泪
听邻居说，在那将近一个月的时间里
没有听见它叫唤过一声

爹走了，留下这个小院

留下这条大灰狗
也给我留下了牵挂
在村里的这个家因为有这条狗
总算是一个有生气的家

这个家，这条狗
让我的情我的梦在不断的牵挂中
有了一个实在而明确的归宿

小院即事（儿时印象）

1

日头就要落山了
村庄被炊烟笼罩

吱嘎的一声，街门开了
戴着草帽扛着锄头的爹回来了
他把磨得雪亮的锄头立在南墙根儿
又把草帽摘下来挂在东屋的屋檐下
然后，坐在扁豆架旁边的马扎上抽烟

北屋里，娘正在做饭
灶膛里的火光映红了她的脸
皱纹和白发一样的多

刚刚放学的我跑出来
为爹端上一杯冒着热气的茶水
又为娘抱进了一抱柴
然后，咕咕地招呼来几只母鸡
把一大把玉米粒撒给它们
算是给鸡们先开了晚饭

对这一切都很熟悉的大灰狗无动于衷
趴在爹旁边甩尾巴
村里的高音喇叭响了起来
说是今天晚上有电影

2

喜鹊的歌声
从杨树的枝头飘下来
落在我的肩膀上
轻飘飘的，没有重量

父亲正在牲口棚旁同驴说话
母亲在自己的影子里
摘着架上的豆角
小外甥女坐在水泥地上
画一座她心目中的小房子

大灰狗向着街门竖起耳朵
几只鸡悠闲地踱着步子
一队蚂蚁秩序井然
在墙根下缓缓爬着

日头贴近中午
姐姐和姐夫来了
农家院一下子显得小了

装不下一家人的欢乐

3

父亲坐在树下打着瞌睡
烟袋掉在了地上假装小憩
灰狗趴在他的身边竖着耳朵

豆角架上，借着叶子作掩护
一只蝴蝶公子哥儿一样
挑逗着穿着紫色超短裙的花朵
几只蜻蜓在小院的上方来回巡逻

那只芦花大公鸡挺胸抬头
将军似的率领一群母鸡
刚刚冲上一个小土堆儿
就伸着脖子高唱凯歌

屋檐下一只老燕子飞回来
另一只老燕子飞出去
雏燕的呢喃声从窝里传出来
告诉我，它们正在大夏天的中午
做着青天白日梦

4

大杨树伸了伸懒腰

把一对花喜鹊收进怀中
歌声就洒满了小院

母亲抬起头来
看着漂亮的喜鹊
落日，映红了她的白发

淡红的夕阳下
炊烟在一片和谐的歌声里
袅袅升起

一只红蜻蜓
在空中做了最后几个特技
擦着暮色飞走了

大灰狗摇着尾巴朝门外跑
吓得几只母鸡朝架上飞
那一定是爹赶着毛驴回来了

我家的君子兰开了两朵

阳台上的那盆君子兰
被五月唤醒
绽放两朵高贵的花朵

第一朵像贤淑的你
安静而庄重
温和的目光
矜持而有情
第二朵像持重的我
谦谦而温和
和你站在一起
彬彬有礼，不卑不亢

两朵花携手并肩
永远不会失约
因为戒指早已戴上
不用虚构没有佳期的鹊桥
你站着，我也站着
根相连，手相牵
一言不发却心有灵犀
一袭微笑胜过人间无数
你我心中的情思谁能望尽

故　事

天真的女儿拉住我的衣襟
是那样的纯真稚气而又善良
她依偎在我的怀里
静静地听我讲述着
我的母亲她的祖母的故事

怀念如歌，回忆将过多少遍
曾经的情节不假思索地浮现于眼前
感情总是停在那所典型的农家小院
院里的那架豆角和那架黄瓜
在我心中定格
那只双冠大公鸡领着几只母鸡
在架下啄食的情景在心中定格

每天三次升起的炊烟
如日子伸出的笔墨
描述着小院的春夏秋冬
描述着生活的酸甜苦辣
描述着母亲的日夜辛劳
和我难忘的童年时光……

女儿的小手拉了拉我的大手

把我拽出故事之外
我看见，女儿清澈的眼睛里
满含着两汪湿漉漉的感动

祝 福

——写给女儿

你说
当一月的雪开到三月的怀里
你就可以看见少年和梨花了
我看着你写满神往的笑意和眼神
真希望快一点打开时间之门
让春天穿越高山流水
穿越城镇和村庄
穿越灿烂的阳光和皎洁的月色

让骑着白马的少年远道而来
在盛开的梨花树下和你相遇
然后看见你和少年相爱
你们坐在马背上
有说有笑，唱起电视剧
《还珠格格》里边的插曲

那时
你们为幸福的爱情而满足
我为幸福的你们而满足

拥有今天

时间附在万物身上游走
我们的行踪被追寻
在日光里奔波
在月光里陷落
空白，如天上的星星

我不愿意沉在梦里
那些早晨的脚步声仍在
那些花朵颤动的声音仍在
歌声从歇息的角落里飞出来
同晨鸟的欢叫呼应

如果能够的话
我会在那个阳光消逝的午后
看你的影子从窗前闪过
想到欢乐的童年
在飘满泥土与花草香味的丛林间
追逐嬉戏

一些语言是圆满的假设
被虚幻拥抱着
扶住柔弱的天真

在我们的生活里
撰写迷人的故事

想象借月亮的镰刀
割落满天星
梦被唤醒，童年的心闪烁光芒
同晨曦前后呼应
升起的，是太阳
拥有的，是今天

农家的早晨

从酣梦中醒来，天已大亮
窗户打开的时候，花香乘虚而入

豆角妹穿着漂亮的衣裙
看豆角哥在架上荡秋千
黄瓜花儿鼓着腮帮子吹着唢呐
招来两只蝴蝶跳舞
只有西红柿一声不响
低着头在那里摆弄着
自己的绿灯笼红灯笼

公鸡率领着母鸡在院子里散步
大灰狗支棱着耳朵在一边放哨
一群麻雀落在房檐上叽叽喳喳
讨论着如何下手跟鸡们抢食吃
也许是就要有小宝宝的缘故了吧
墙外老榆树上两只大喜鹊
正用愉快的嗓音
抒发着它们的欢乐

父亲坐在海棠树的影子里
收拾着农具

嘴上的烟锅儿从容地欣赏着
父亲庄重的表情
堂屋灶台上冒着热气
正在做早饭的母亲
脸被灶膛里的火光
映得红彤彤的

我打声呼哨
鸡呀、狗呀都朝我跑来
它们知道
就要给它们开饭了
这农家的早晨
就是这样的生动

第六辑

致敬爱情

爱上一遍

我现在
只想把你的美丽放大
把你的瑕疵忽略不计

因为我爱你
我爱过你青春的光彩与活力
我爱过你中年的沉稳与端庄

现在，我俩一起双双迈向老年
时光让我更专一痴情
因为我懂得那些大大咧咧的光阴
如何弄丢了我们无法重来的已往

那么亲爱的
从现在开始
我就慢慢地
把你的老年
和老年的你
爱上一遍

爱情有毒

那晚，月色很静
我坐在你的身边
听见了你的呼吸

那呼吸
不是想象中的
不是梦中的
如蜘蛛吐的丝
很透明地缠住了我

随后，你有毒的牙咬住了我
我晕眩，我窒息，我知觉全无

暗　算

下一点小雨真是太美了
我保证我是欣悦的
鸟声停了，雨声没停
空中是密密斜织着的雨丝
它们打在青枝绿叶上，为深深浅浅的绿
镀上一层亮亮的水光
山野一片水淋淋的迷茫

我终于说动了你，一起去赏雨吧
我们俩撑一把伞，雨点打在伞上的沙沙声无比悦耳
我们把艳羡的目光，放逐于茫茫雨雾
我的心情恬淡惬意，你的表情若有所思
这是家乡山野夏天里最细腻的季节

你挺胸抬头亮出你明亮潮湿的双眸
整整一个下午，我只能做的是
一手打伞，一手身不由己把你斜揽于我的怀侧腋下

你一只手揽在我的腰间
笑意盈盈抬头看着我，双目含情
偶尔娇嗔一下，暗示我
遭遇了迷蒙雨雾里埋伏下的爱情的暗算

白

雪花飘飞，如白色蝴蝶
纷纷抵达你的白色羽绒服

你面容白皙，身材高挑
站在一面白墙跟前
白墙不语，蹲在你身边的白犬不语

少年骑着一匹白马跑来
你的心事雪花一样飞扬
羞涩的笑容比明月还美

少年一伸手，拽你飞身上马
那只白犬雪狐一样
跟着白色骏马飞奔

等待 是疼痛的

一场雨后，我走出家门
目光扶着小路，无尽延伸
遥远的山峦，点燃云朵

我停在一棵树下
打开了遐想的盒子

那是一条
你和我都走过的小路
穿过田野，越过小河
软软地铺开长长的思念

故事如此真实
时光渐渐老去
我抱紧雨后的清凉
切切地想你

小城非常热闹
可我总觉得只有我一人

不必提太多
唯一的细节，就是

我经常在梦里把自己喊醒
可我非常清楚
梦里，我喊的是你的名字
不是我呀

繁华是小城的
热闹是别人的
孤独是自己的
等待是疼痛的

青春过后，不会再来
而现在，我怎么觉得
我有点未老先衰了呢

怀 春

午后，风很大
路边的杨柳树摇摆着跟着风吼

一本书打开着，故事里有我神往的爱情
大灰狗趴在我的身边，蜷曲着身体思索着什么

如果天气尚好
我一定会带上大灰狗
到河边老地方去等她

黄昏，我被手机里的微信打动
伊人扶着弱柳的照片传给我
人是佳人，柳是翠柳

于是，在我的眼前
仿佛春已到来
仿佛时间变绿

大灰狗摇着尾巴藏在柳树的后边
高兴地偷看我和佳人的拥抱

记忆的影子

其实，记忆的湖畔
总能见斜晖脉脉
水之湄有你婉约的影子
涂抹我的记忆
让一种思绪不用语言的翎羽
就能轻轻飞跃秋水
那是相思的情绪
如大雁南飞时留下的参差鸣叫
于水天之间嘹唳

离伤被我凝眸而望
万水千山总是情
而我的一抹回忆穿越光阴的篱笆
一任韶华之梦绚丽心中的南园
啊，忘不了那一袖暗香被伊人轻拢
记忆的影子如三月的桃花
灼灼的，从诗经里翩跹而出
盈盈地教人挥之不去

从此，我捧得杯盏吟风弄月
不叹大江东去逝者如斯
只认红尘俗子为我今生知己

让千杯少的畅快淋漓我的记忆之园
看伊人拂柳分花的身影
陶然我的目光怡然我的心情
亲，此时此刻
我只盼着你快点来啊

今天的日子　只想你

这是一个

和桃花相遇的季节

三月的腮边

透出诱人的粉红色

注定引逗得我这样一个血性男儿

百炼钢化作绕指柔

看你的脸

看你的腰

看你的身材

不由自主地

所有的心思全在你身上

这是一个打开心事

如桃花绽放的日子

我把能形容你的词

全部想了一遍

最后，只挑出

沉鱼落雁闭月羞花几个词

与温柔善良贤惠神圣

这几个词搭配在一起

倾国倾城

于是

你的纤纤玉手稍稍一挥

就能指挥我这个执拗的男子汉

你粲然一笑，顾盼神飞

温柔的美丽和魅力

瞬间

就能让我心中的世界倾斜

今天的日子很特别

你画眉你梳妆你款款而来

一花障目

我觉得天下所有的美

都在你身上

让我握着你的纤纤玉手

想起了海子的那句诗

"姐姐，今天我不关心人类

我只想你"

柳的水袖舞起来

柳枝拂动扬起顿挫长音
如一袭青衣于东风里飞舞漫卷
水袖遮不住的流水曲水流觞
一声声赞叹从千年前的兰亭传来
文不朽，字不朽
笔墨未干，醉倒那时人
笔墨已干，醉倒后来人
我想起了贵妃的醉态把月亮舞圆
深宫里回眸一笑抵得上佳丽三千
我想起了虞姬为霸王舞起的剑影
舞出的是万般不舍生死的依恋

谁能在焦灼的渴望中把自己深陷
谁能用纤细的腰肢承接爱的呼唤
那水袖轻扬把千年的追求浓缩成梦
梦里是千里共婵娟的明月
梦外是把酒当歌人生苦短
柳的水袖舞的是风里春秋
人的水袖舞的是尘世情缘
啊，谁能舒起漫天飞舞的水袖
与我一起舞过一生
比翼鸟连理枝天上人间

东风里扬起的柳枝啊

你那风吹衣袂飘飘举的水袖

抖开了衣袖里馨香的兰花

抖不开我遥望的空空云山

如水袖的柳枝舞啊，竟然

舞出宋词的哀婉唐诗的浪漫

让我在岁月的平仄里踏歌而行

歌的是云中谁寄锦书来

行的是尘心未尽思红颜

千金一笑

抛却犹豫
打开初恋的门
即使下一步无法把握
我也要仗着胆子试一试

最初的想象遇上了柔软
那个漂亮的女孩儿
在约好的地点等着我
婷婷的
像一棵秋天的枫树

我趁她抿着嘴时吻了她一下
如果无声，她就是默认
如果有声，她就是纯洁
剩下的，由命运决定

她鼓起小嘴　扭动小蛮腰
甩着小手向前走了几步
回过头来朝我一笑

顿时
菊舞东篱
叶红南山

少　女

少女把自己关在镜子里
望了又望，看了又看
双颊粉润，赛过桃花
她冲镜子吸了吸漂亮的小鼻子
仿佛卷发里的幽香是从镜子里飘出来的

她羞涩地一笑
镜子里的她也羞涩地一笑
光影里，少年悠悠的箫音回荡着桃花逐水
触动了少女的情怀

少女一闪，从镜子里走出来
推开屋门来到院子里
向着箫声传来的方向侧耳凝神

小院，春色满园
一树桃花开得正艳

身　影

一个飘逸而窈窕的身影
走进了一片安静的丛林和绿地
被一双渴望的眼神悄悄地跟踪
想找到爱与幸福的突破口

决心战胜了犹豫
两个身影慢慢靠近——
一个身影逼人的英俊
一个身影抢眼的苗条

梦在远方

一滴惆怅的晶莹

长成一夏翠绿

烟雨迷茫

我该用

哪一只目光之剑

挑断那漫山遍野的悲怆

蜻蜓点水燕子飞翔

看不出一点点的

忧郁和悲伤

心有余悸的坦然

欺骗不了风景的美丽

就在我昨夜的梦里

我看见

有秘密从你的眸子中释放

清澈见底

是瓶中的矿泉水

不是荷花盛开的池塘

梦在远方化成一缕香

谁能策一匹玉骢

追上梦的翅膀

如果有人

在千里之外的

一扇窗后

为我准备好了夜光杯

我一定会

在渐行渐远的

马蹄声里

把葡萄美酒和一路风尘

装进我的行囊

雪花儿乱

是谁拉开冬天的帷幕
少女身穿羽绒服
窈窕的身形
光彩照人

她看一眼漫天飞舞的雪花
心潮起伏，热泪盈眶
脑海中浮现出一行
婉约的宋词
爱情占领了身心

雪原深处
村庄依稀，小城依稀

不是传说
少年一身冬天的装扮
披着雪花向少女走来

一声动情的低唤：
"神仙妹妹"

雪花儿乱

少女的精神为之一振
激动的心
一半高山，一半流水
没有了半点忧伤

致爱情

1

有的结束，有的开始。一些程序需要澄清
优化的，是心中的执着，几分苦涩，几分疼痛
真实的，虚幻的，紫色光华在我的身体里掩映
灵魂，有时被迷醉，有时正飞腾，人生如梦

我不需要你的誓言，不需要你信誓旦旦的约定
我不需要你因为你的一种理解或一种感应
就和我不离不弃生死与共
真的，我不需要，这不是我的追求我的憧憬

我需要的，是我出现幻象时你给我的一个暗示一个提醒
我需要的，是我得意忘形时你给我的一种批评一种指正
让浩然的，不仅是大海是天空，还有我的心胸
让公正的，不仅是人心是权力，还有我们的爱情

2

让夜晚美丽，让星空美妙绝伦
多少诗人因为你而灵感涌动佳句迭出

让诗人从你走进诗里，再从诗里走出诗外
这世界便因为有你而诗化
比如天上的比翼鸟，比如地上的连理枝
还有水上的鸳鸯和并蒂的莲花

于是，人天之中因为你而故事频仍
山间小路，竹林溪涧
凡是有人居住的地方
你的故事，便被游走的风四处传播
于是，你的秘密变成了藏不住的佳话
用从容不迫的情节吸引无数恋人

你举起明月之夜，将纯洁繁星般高挂
世俗任你夸张，繁华任你漠视
你让爱与被爱在跳动的心房里寻找归宿
让拥有者变得骄傲和幸福
然后，让梦同太阳一同升起
照亮我们的日子直至无限未来

3

歌唱坚贞
你的故事填满玫瑰的芬芳与尖锐
幸福着，也疼痛着
我目睹你的坚韧与软弱，深刻与肤浅
为了承诺的永恒

你在漫漫长路上走着

如果不是用心去度量
我便无法知道你在爱情路上
遇到的所有的周折与坎坷
玫瑰之刺尖利，可以让你鲜血淋漓
却无法扭曲你的容颜

这不得不让我在翻阅你的履历之后
重新认识你
并通过你，重新认识爱情的真谛
面对人生百态，你举止从容
从此，你在我的心里永不倒下
也在我的诗句里傲然挺立
像柏像松岁寒不凋四季常青

第七辑

致敬友情

啊　朋友

朋友，看出来了吗
冰封寒冷的冬季就要逝去
从阳光里，从高天上，从渐弱的风里
丝丝缕缕的春意悄然而至
让我们轻唱出我们的感觉
让幻想奔放浪漫而多情
让我们的每一次呼吸
都吐纳生命如水般的欢乐
让天空教会我们自强不息
让大地教会我们厚德载物

朋友，现在请你聆听
我要为你们唱我的心曲
红尘滚滚中那些苦恼忧伤
一定会在我婉转的歌声中偃旗息鼓
而旷野之风会从遥远的地方带着
春天的温馨、春风的和煦、春雨的润泽
在我的歌声中徐徐而来
这是一曲发自心灵深处的歌
唱的是一天一月一年的等候
唱的是我与你们重逢时的惊喜

啊，朋友

在我的歌声里，你为我送上微笑

为我送上玫瑰和玫瑰的花瓣

我仿佛看到，玫瑰的花瓣在悠扬的歌声中

飞落如红雨

把你们的美丽，你们的丰盈，你们的欢笑

都衬托成温馨动人的画面

让我相信友谊万岁让我感谢命运的安排

在这个就要过去的冬季里我们互相祝福

并且在走向春天的路上

执手相握，昂首向前

高山流水遇知音

我真的不知道
我的娓娓叙述
竟能抵达你内心最柔软的部分

你在我弹奏曲子时哭了
泪飞顿作倾盆雨呀
我心中的高山
与你心中的流水合二为一

你说：山是水的知音
我说：水是山的知己

于是，你把我的肩头当作青山
我把你的眼泪当作流水

怀念一个朋友

一个电话传来噩耗
晴天霹雳让我目瞪口呆
你，一个年轻的名字
竟然和死亡连在一起
于是，整个秋天还没有全来
就已经在我心头摇落
如你，如我们之间曾经的过去
于是，那时那刻
在我的心头，全是你的音容笑貌
然后，你一个转身
悄然离去
把你的妻儿老小
把我们这些还活着的人
丢在即将全盛的秋色中
而你，与我们之间的距离无限延伸
无法逆转

此时此刻，我无话可说
只有长歌当哭
只有对天慨叹
慨叹之后
就是沉默，我知道

此时，只有沉默

才是我应该独有的语境

那天在路上我们的相遇对话之后

便是你留下的无限的悬念

眼下，秋天到了

叶子要黄了

叶子要落了

而一片叶子承载着四季的情绪

也承载着秋天的沉默

而今天，当我接到那个电话之后

我也沉默

在沉默中回想你的名字

因为，你已经永恒了

没有了苦乐，没有了生死

即使今天晚上看不见月亮

即使今天晚上看不见月亮
我心中都是一片皎洁一片团圆
那是月的身影是情的祈愿
因为，今夜是中秋夜
是人间万姓带着美好的愿望仰头看的时刻

即使今晚是阴天是云遮月
你的光辉照样照亮人们的心头也照亮我心头
你的气息是中秋的凉爽是天宫的深邃
是秋水以清澈嘹亮的歌喉淙淙流过溪涧时
那闪闪烁烁的音乐之声

在这中秋时节，你就应该以光的大网
漫撒漫天的吉祥
然后，让我的生命以及和我一样的生命
保持如你皎洁一样的皎洁
并且在你温柔之光的抚摸下
让我们把美好的祝愿送给家人和朋友
更送给万里之外的知音

是的，今晚是中秋，但今晚看不见月亮
也许那遮蔽月光的云彩

正是所有人的心气化成的

它直接将月光收起，如把一个美好心愿

收进心中藏在怀里一样

将月光一览无余的囊括

就是想让人们爱之心花和心之爱花

开成比中秋月色还要温馨明亮的心头之月

朗朗普照天下所有互相牵挂的人

但愿人长久，千里共婵娟

但愿人长久，千里共婵娟

痛饮这四月春色

带着七分醉意
还向大家敬那十分诚意
一颗心透过酒杯
漾动醇香
心胸就是酒量

所有的已往都顺着杯沿翻腾
酒瓶与旧事有关
也装满对未来的祝愿
来，喝！请记住今天
你是一缕霞
我是一团火
一仰脖，心中是奔涌的江河

听，谁在祝酒？谁在唱歌？
恍惚是在眼里，清楚是在心上
今天的场合完全不同
老同学相会千载难逢
千句话说了嫌少
千盅酒喝了不多

过去的酒泡在时间里

时光蹉跎

今天的时间泡在酒里

洋溢欢乐

来，让我们再一次举起杯

为了友谊

痛饮这四月春色

爬满青藤的小屋

夏日的绿在蓬勃生长
整个原野如绿色的海
波涛汹涌
天空被带雨的云一遍又一遍擦拭
干净得让人像在梦游
落在树梢上的鸟鸣又被枝叶溅了出来
水花一样散落在草地上

庄稼人的五谷之梦
摇曳每日的炊烟袅娜缠绵
同瓦楞上的乡愁缱绻着
任时光磨损攫取
然后填充
一天又一天，日子被你我描摹着
演绎一段又一段朴实无华的故事

远方的朋友
在这个夏日里
你如果来我家里做客
我一定会为你献上一座
爬满青藤的小屋

在一杯酒里和你们相聚

超越时空

在一杯酒里和你们相聚

你们是枭雄曹孟德

是隐士陶渊明

是诗仙李白，是诗圣杜甫

是把酒问青天的苏东坡

是醉里挑灯看剑的辛弃疾

饮酒的瞬间，将感觉告诉给别人

也告诉给后人告诉给我

对酒当歌，人生几何

譬如朝露，去日苦多

山气日夕佳，飞鸟相与还

此中有真意，欲辨已忘言

这样的诗句

竟然醉倒了唐诗宋词：

长歌吟松风，曲尽河星稀

我醉君复乐，陶然共忘机

——这是李太白的诗句

盘飧市远无兼味

樽酒家贫只旧醅

肯与邻翁相对饮

隔篱呼取尽余杯
——这是杜子美的诗句

而我更喜欢苏子瞻的
但愿人长久
千里共婵娟的美好祝愿
不仅仅是献给自己的胞弟
而辛稼轩的
老来情味减，对别酒，怯流年
又含有多少人生的况味与无奈

孟德，渊明
我已将建安文集打开
我已将陶潜文集打开
请二位走出来
我已将唐诗三百首打开
我已将宋词三百阕打开
请先生们都走出来
我已经在好客的妫河岸边
逶迤摆开一溜的筵宴
只等着你们来看我
我会用最好的小妫河酒招待你们
因为，你们都是我心灵上的朋友

重　逢

我在梦中和你相遇的时候
你是红颜少女，我是英俊青年
我在梦外和你相遇的时候
你是白发老妪，我是清癯老汉

我们无声地对视着
往事在一片泪眼迷蒙中
清晰活现，但比梦还要虚幻
我们都"唉"了一声：
"回不去了呀……"

你笑了，我也笑了
泪水落下来，溅在我们紧握的手上
那温度，还是往昔的

重阳把酒

与故人对饮
酒饮不尽
窗外重阳日的菊香饮不尽
得有唱和
因为诗句
就栖息在我们的心上

一个丽影从窗前走过
碰醒了心中睡着的花间词
来，朋友
咱就着菊香
饮一杯月光如何

今天真好，这里真美
因为这里有夕阳青山湖水
田园里还有女人
每一首诗
都把自己洗得像菊花一样
光彩照人，魅力四射

重阳，我们把酒
对着黄昏对着弯月

背诵着

闪烁月光，清香如菊的诗句

你把你想成了陶渊明

我把我想成了孟浩然

第八辑

致敬乡情

故　乡

最迷人的遥响
是远山青葱的合唱
那小溪弹着琴弦
将山路在巍峨中摇漾

啊，山那边
有我可爱的家乡
日里遥望
夜里遥想

赶着太阳的是爹
绣着月亮的是娘
连同初恋时的少女
还有儿时的伙伴

还有高低不平的青石板路
和那没有走向的篱笆小巷
以及清晨的牛铃羊咩
和那袅袅炊烟里飘出的
犬吠鸡唱……

在我的记忆里

故乡

是一张永不褪色的老照片

永远挂在游子的心上

老家的声音

守在记忆的门口
唱着一首老歌
被蟋蟀听见了
蟋蟀弹起琴弦
我一听
就是童年时
老家篱笆院里的声音

安静的小院

窗外是安静的小院
豆角秧是攀爬高手
都快攀爬到架顶了
却没有任何声响
只有几朵豆角花不知是用颜色还是香气
引逗得几只小蜜蜂趴在它们的耳边说悄悄话

大灰狗的耳朵旋转 360 度
然后收回原样
我从它趴在那里不动的姿态里
得到答案是：平安无事

风从窗缝挤进来
用清凉的小手挠我面颊
好像提醒出神的我说
给你一点舒服你要不要

田园美

我从村口出来，拖着无声的身影
穿过一条小路，走向不远处的小河

不知路边的哪一朵小花
画出一只淡紫色的蝴蝶
翩跹地飞舞着，像是一位花仙子
对所有的花朵都脉脉含情

一棵大树放飞出一群小鸟
婉转的叫声愉悦我的耳鼓
举目观看时，阳光灼痛了我的眼睛

一位农妇挎着篮子从菜园回来
经过我身边时热情地打着招呼
她满脸得意的笑容
篮子里水灵灵的蔬菜是她的收获

一阵欢快的蛙鸣带着水音儿传过来
我知道，再拐一个弯儿就到小河边了

我屏住呼吸放慢了脚步
怕惊动那一声高过一声的美

两个故乡

我有两个故乡
一个故乡在故里
一个故乡在心里

故里的故乡装着我
心里的故乡装着故里

我有两处乡思
一处乡思挂念着故里的故乡
一处乡思挂念着心里的故乡

故里的故乡养育了我的身
心里的故乡养育了我的心

故里的故乡再远
都能回去看看
心里的故乡再近
我都无法回去

于是
只剩下一种乡愁
在两个故乡之间徘徊
日日夜夜煎熬着我

谁的路更远

你走向远方
实际上
是选择了更远的一条路
回家

不像我
整日守着故乡
还寻找乡愁

妫川落日

将无边的山海燃成熊熊的烈焰
官厅湖映着群山金光闪闪
娇媚窈窕的妫川屏住呼吸
见证一个伟大而壮丽的时刻
平静的落日渐渐扑进山海的胸怀
西天火云是红孩儿的兜肚
远空于山峦的后面
敞开了一扇巨大的门
把一个火红的宇宙之骄子
迎进了自己的家

此刻，妫川东部群山
山尖仍如涌动的浪峰
闪烁着夺目的紫红色的光
而妫川大地则被一层
黄昏的朦胧笼罩在
袅袅的炊烟里
一颗星扒开东方的天幕
偷窥妫川日落的丰采
用一种青春美少年的眼神
紧紧地盯着
刚刚穿上晚装的妫水女

似乎在庆幸夕阳为他
拥出一个仪态万方的美人

妫川落日，将一个现代的
人间神话，写进用长城
作书脊的故事集中
让喜欢它的读者
忘情地品味其中的
每一个情节每一个意境

绿色家乡 梦的背景

蓝蓝的天空，洁白的云朵
传递着阳光的热烈和太阳的喜庆
在远山，在沃土
在街道两旁整齐的古柳上
我的家乡飞扬着彩色的幸福时光
太阳的眼神穿过茂密的树叶的罅隙
探望树林的一角
湖水沉醉在池塘，映着美丽的倒影
我在一棵温柔如女人的柳树下
静静看着家乡于朦胧的岚霭中
披着阳光的色彩

一条路飘然而来，一条河蜿蜒而去
两边的绿柳在彩霞的风中轻舞
让我的家乡之美清纯如百合魅力如荷花
而我的目光在此美景中独步轻盈
原野上树林葱郁庄稼茂盛
草虫低鸣，鸟儿飞来飞去
在我热切的目光里
家乡的美景如母亲慈祥的面孔
清晰地刻于我的心底
成为我千百次不同的梦的永远相同的背景

我用忠诚的目光

把感觉印在大小不一形态各异的叶子上

沐浴阳光也沐浴风雨

然后看汹涌而来的漫山遍野的绿

让我站在绿色中央

读着来来往往的故事

名片野鸭湖

在这个季节里，蒲草成群结队，芦苇成群结队
排开铺天盖地的阵势，大军一样
护卫着野鸭湖湿地。你不能遍数湖面上的水鸟
天鹅来了，野鸭来了，黑鹳来了，白头鹤来了
大白鹭、大鸨、金雕、白尾海雕来了
还有家燕、白鹡鸰、喜鹊、火斑鸠、黑枕黄鹂、麻雀
百鸟来仪，风声鹤唳
声音穿过静谧的湖面时，天空中闪过的鸟影
感觉不到孤单和寂寞
在这样的氛围里，连远处的树影山影
都俯向水面，向微漾的涟漪再拜稽首

清澈的风掠过水面扫过湿地的时候
波浪起伏，蒲苇起伏，远处的岸柳起伏
还有一簇簇羊胡子草以及很多叫不出名的野草
在阳光里婆娑起舞迎接风的拥抱
或红或粉或白或紫的野花点缀其间
与青草一起在风的鼓荡之下铺锦叠绣
小兽出入隐没，体验风吹草动的历险
水鸟上下起落，编织天地之间的空白

远处，海陀巍峨白云泛海，长城蜿蜒飞龙在天

野鸭湖，在这个季节里

用苍茫的绿鼓荡的风，用碧水青天鸟飞鸟鸣

同一望无际的官厅水库一起

向世界举起了一张绿色的名片

在名片的正中央，印着大大的四个字

——北京延庆

我是庄稼人的儿子

不管我还种不种庄稼
我都是庄稼人的儿子
我会在春天为一场及时雨而欢呼雀跃
尽管妻子骂我是疯子
但我还是为刚刚播下的种子高兴
因为我的爹娘都是庄稼人

真的，做一个庄稼人的儿子
心里就会装着一年四季 24 个节气
心里就会应时按节刮风下雨
就会为土地担心为庄稼人祈祷
这是自然而然的事
我根本控制不了我自己

我会在夏天的夜里做梦的时候
把自己变成一滴露水紧卧在禾心里
把一天的星星变成雨滴
滋润我带着蟋蟀鸣叫的绿色的梦
并且让早晨的太阳跳进我的眼里
沸腾我的热情成飘下雨滴的云

秋天的大野被西风涂抹成金黄色的时候

我会看见黄土之上苍天之下
我的爹娘以及很多像我爹娘一样的庄稼人
起早贪黑地把春风和夏雨收进农家院里
滋润那又圆又尖的粮食囤
比春天的竹笋长得还快还壮实

是的，我是庄稼人的儿子
我会盼望冬天的大雪降在家乡的原野
让爹娘以及乡亲们围着火炉喝着烧酒
一年的收成就是谈笑风生的主题
并且让飞扬的心情越过大雪时节
同来年的每个季节对话

鲜花盛开的妫川

我在鲜花盛开的妫川里行走
一不小心，就迷失在花海里
身上落了好多花瓣
花朵占满草地中的座位
就如同星星占满天空中的座位
我站在天地之间，心驰八荒之外

我好像走进了唐朝
碰见很多钟爱春天的大诗人
杜牧吟着杏花，白居易咏着桃花
李白呢，喝多了酒正睡懒觉
他卧在沉香亭北的牡丹丛中
梦着"云想衣裳花想容"
只等在月光明亮的晚上醒来
好"花间一壶酒，对影成三人"
杜甫也不再是忧心忡忡的模样了
兴致勃勃地轻拂着招展的花枝
高声吟诵着"黄四娘家花满蹊"
……
大雁掠过头上的天空，
一边飞翔，一边朗诵着诗歌
天籁一样的声音很动听

花朵一样柔美，雨露一样温婉
抚慰我的情感，滋润我的心田

寻找乡愁

熟悉了小院的一花一木
熟悉了老屋一天比一天老去的模样
融合了生命的本意
斑驳着更深刻的内涵
老了的是人是物不老的是情怀
浪漫与忧伤源于一颗赤子之心
我在陪你的路上
一路跋涉
我听到了你的声音

回想起遥远的从前
我的幼年于老屋里被母亲用双乳哺育
我的少年于小院里跟着父亲学习劳作
记忆徘徊，如那棵老榆树徘徊于地面的影子
抬头就能看见树枝上的点点新绿
再听一听歌唱母爱和父爱的歌曲
我会掉下眼泪来
母亲，父亲，这天下最美最亲的称呼
给我留下的是痛并幸福的感觉

我很想去寻找那份"乡愁"
那是出于骨头里的留恋情节

和不安于现状的心理

此时此刻，那些曾经走在身边的人

发生在身边的事

正在我轻吟低唱中缠绵入诗

除了我，谁还记得故乡的老屋

安安静静地伫立在那里

像一个拄着拐杖的老人

正等着他的孩子归来

作为这个浮躁世界里被遗落的部分

老屋的存在不只是为了栖息

物是人非

如今，父母早已不在

只有老屋，以其苍老

于我心中保持着年轻

保持着繁荣褪去后的坚贞顽强与朴实

陈旧也可以光芒四射

时光越过老屋留下的脚印

并没有因老屋衰老而褪净

因为那老屋

我好像又回到了幸福的童年

那时的老屋正年轻，窗明几净

那时的父母都健在，善良勤劳

那时的小院正繁华，鸡鸣犬吠

而今，当我让记忆缓慢复活
甜美地走入记忆的时候
心灵刹那间被腾空又被装满
我似乎听到老屋对我恳切的挽留
全心全意的挽留
而此时此刻，我的心里响起音乐
我真想放开歌喉，吼一嗓子

我多么希望不曾失去过什么
也不曾把什么寻找
如老屋对我的忠诚我对老屋的依恋
当目光绕过当下的繁华
恰好看到你，在仿佛不属于自己的年代里
依然固守着那块土地
因为有你在，我把那块土地叫故乡
因为有你在，我把对你的爱叫乡愁

第九辑

致敬阳光

我爱世园会上那些菊

一

我从此知道什么叫完美，什么叫感动
九月的世园，菊花展厅被各色菊花占领
我用我的手机定格一朵朵彩色
任何一朵都圣洁，任何一朵都高雅
我仿佛走进古典诗歌的意境
又仿佛徘徊在现代诗歌的浪漫
那些或端庄或素雅或矜持或娇媚的容颜
如一个个漂亮的女孩
聚拢于世园这个美丽的大家庭
光彩照人，美不胜收
世园的九月被热闹的菊花搅扰得人声鼎沸

二

我羡慕那么多的菊花如三千佳丽媲美
相互之间只有温馨，只有爱慕，没有嫉妒
让我也卸掉心头的沉重，忘却红尘的烦恼
因为，在你们身上，所有的色彩都是和谐的
没有一点多余

我喜欢你们的大度，可以让任何人从任何一个角度拍照
我喜欢你们安详的神态和迷人的气质可以让我在你们身边静坐
从近处看你们眉目的清秀和身姿的舒展
我喜欢轻轻碰触你们，祥和而宁馨
能和你们合个影，是一种莫大的享受
是人生若只如初见的幸福与新鲜

三

我亲爱的菊，我现在似乎想不起其他什么如此美丽
走在你们当中，怀揣感动，睁大双眸也找不出瑕疵
在绚丽生动的氛围里让感觉优先
一朵菊讲述着一个故事
一簇菊说出一切事物的唯美
在菊的世界里
我把血液净化，把骨骼柔化
从红尘走进花朵，从花外走进花芯
让呼吸缓缓吐纳菊香
我会如你们一样干净
浑身洋溢着全是清秋高天之下
迎风斗霜的精气神

四

菊花从我的面前姗姗而过
有的窈窕有的丰满有的说说笑笑

有的安静怡人

我唯恐躲闪不及，将美丽撞伤

我又不想躲避，只想和美丽撞个满怀

因为，我已情陷其中不能自拔

看你们或仰着笑脸

或甩着手臂，或扭着腰肢

一举一动，一招一式都美都好都迷人

我用手机随便一拍

就是最美的定格

看了哪一张，都让我心生爱恋

永恒的花朵

没有花开是永远的
可是，对我来说，世园会上的每一朵花
都是永恒的
因为，她们已经沿着我的视线，进入我的瞳孔
走进我的心底
并住在我的心底
我的心扉心窗永远都是打开的
能把花瓣、香气、阳光雨露
撒满心房的每个角落
邀请梦里的朋友爱人还有我
住进里面，就是在寒冬
铺霜飞雪，北风凛冽，也不会害怕

我会腾出一片心的花园
春天沐浴春风，夏天享受甘雨
秋天映在红叶旁
与红叶媲美
冬天，守着红红的火炉
听爷爷讲吃水不忘挖井人的故事
然后，为每一朵花做一张名片
标明她的籍贯
并让世园会成为她们的第二故乡

我会于梦里化蝶

在花丛里奏响感天动地的小提琴协奏曲

《梁山伯与祝英台》

我会把儿时就唱熟了的《春天在哪里》

唱给每一朵花儿听

我还想让所有相爱的人

都在花丛里约会

把幸福生活演绎得花一样美好花一样的香

我想把心中的沟壑全部填平

在能种花的地方撒下花的种子

然后，只等世界上的人们都知道

我的心里有个世园，世园里生长着永远都开不败的花

在这里，每个人都可以用花一样的眼光看世界

让美丽和善良花一样灿烂地生长

到那时，世界大同会深藏于我的心中

并开出美丽的花朵

这花朵会随着我的诗句和歌声

开遍世界，香遍全球

世园　我不想　我真想

我不想花朵像燃烧后留下的灰烬
我不想那些来自全国各地的奇石像寒冰一样凉
我不想听西风过后北风又起抛洒比骨头还白的雪花
我不想让那么多来自南方的草木失去颜色
世园会里的风物啊
我真想替你们承受寒风的酷刑冰冷的拷问
我想拥抱你们用我火热的胸膛
我真想为你们建起千万间温暖的大厦
让你们全部搬进去住将寒冬躲藏

听，雨声已经停止，雪声就要响起
世园会里的花草树木迎风抖出太阳的记忆
海陀山用渐渐瘦了的身姿日夜把西北风阻挡
妫汭湖亮出玻璃一样的湖面被西风一遍又一遍擦拭着
好腾出更大的空地让阳光充足
握住温暖只是为了世园会上的花草多鲜艳几天
我祈求苍天保佑
这不是我这个热爱世园会的痴迷者的一厢情愿

我想，即使冬天真的来了
我对世园会的记忆也会永不衰减
随时可以写意或工笔画出印象中的世园

让世界各地中国各地来过世园的花草树木

在我的情思里无忧无虑地生长

我愿意用一支笔写出关于世园会的最美的诗句

只要你读了，就绝不会有

"人生若只如初见，何事秋风悲画扇"的感慨与无奈

致敬阳光

我喜欢叽叽喳喳的麻雀
永远都是兴高采烈
我喜欢报喜不报忧的喜鹊
永远都是用喜悦的声调唱歌
我喜欢红花绿叶不仅仅美了自己
还美了环境美了别人
我更喜欢那些像蚂蚁蝴蝶蜜蜂
这些整日价劳碌奔波的昆虫
没有怨天尤人地活出了自己
给人留下的全是美好的印象
于是，我会把孤独看成鼓励
把寂寞当作伴侣
把诗和远方当成我生活的动力
挽住爱人的手臂
忽略掉所有的不快和疼痛
不负阳光并向阳光致敬
活成太阳底下最幸福的人

对话李白

一

一首《将进酒》
读着读着
我仿佛回到了盛唐
迎面走来了李白
趔趄着一身酒气
嘴里还嘟囔着他的诗句

钟鼓馔玉不足贵
但愿长醉不愿醒
古来圣贤皆寂寞
唯有饮者留其名

就要走到跟前了
我朝他喊了一声：
饮者！你喝过啤酒吗？

李白停了下来
晃动着身子乜斜着眼睛看着我：
啤酒?! 你不是大唐人？

对，我是大唐的后人。
好眼力！
您，真不愧是酒中仙！
是诗仙！不是凡人啊！

二

在人们看不见我的地方
被一首诗看见
我哼着平仄，迈着韵脚走进去的时候
我发现，大诗人李白正冲着我笑

他仿佛没有听见我吟诵的诗句
正是他的诗句
也不关心我是谁从哪里来
就劈头盖脸地扔过来一句话
"带酒了吗，朋友？"

三

你将诗写在白发三千丈里
风一吹，白发就从唐朝飘到了现在
你将诗写在金樽清酒里
风一吹，酒香就从唐朝飘到了现在
我呢？白发满头，却写不出一首诗

酒香满口，却吟不出一句诗
你是谁？你是李白
我是谁？我是李白的读者
三生有幸

关于狼和狼的传说

关于狼，我只在传说中听过
在书籍画册电影电视里见过
印象最深的，是那部读了几遍的《狼图腾》

一场风雪里或一场风雪过后
像风一样，狼从雪地上脱颖而出
跟踪着羊群、马群，或者行人
梦魇一样，从一个角落拐进另一个脚落
从一片草丛钻入另一片草丛
从一片雪地窜进另一片雪地

于是，传说带着恐怖的野性
在人们的生活里，占据了一部分时空
让我听到夜深人静的时候
狼跳进院子里的声音
那声音，就好像我在梦中跌进一个深谷
被夜色裹胁着，深不见底
平静，被阉割殆尽，只剩下惊恐的心跳

传说中的狼有千里眼有顺风耳
会轻功，辗转腾挪，像蝙蝠侠一样会飞
在某个村庄、某个院子

在某一片树林、某一段小路
在某一个白天、某一个夜晚
狼可以目空一切随心所欲出入自由
埋伏、跟踪、偷袭、徘徊不去、居心叵测
一声长啸，日子都跟着哆嗦

寒冷的夜晚，狼在嗜血
女人在喊，孩子在哭，男人在怒斥
狗叫声连成一片，此起彼伏
而狼的目光如荧荧的磷火
在黑暗中闪烁，将夜色洞穿

于是，有了蒲松龄《狼三则》
里边的屠夫勇敢机智打狼的故事
有了鲁迅《祝福》里阿毛的惨剧
有了《狼外婆》那样妇孺皆知的童话
有了《狼来了》的流传已久的传说
也有了我童年时亲耳听到过的
村里有人因被狼咬伤过
而叫"狼咬"的绰号的由来……

然而，一切都过去了
只剩下故事了，只剩下传说了
只剩下《狼图腾》把中国蒙古草原狼的故事
写成一部厚重的叙事诗了——
它新颖传奇、惊心动魄、扣人心弦

而又发人深省，促人反思

让我们对狼有了全新的认识

从而有些喜欢上狼了

然而，太晚了。狼已经在我们生活中消失了

听二胡名曲——赛马

听你拉响二胡名曲《赛马》
于是我想动想跳想奔跑
用我的胳膊借来驭马者抖动缰绳的姿势
用我的腿脚借来骏马在草原上扬蹄的节拍
用我起伏的胸膛借来草原的风
用我的目光借来草原一望无边的绿

把想象拴在马尾巴上
看速度将草原迷倒
看草原将《敕勒川》迷倒
看《敕勒川》把南北朝以后
隋唐的边塞诗人迷倒

今天，一曲《赛马》竟将我迷倒
像喝了含高度数酒精的"草原白"
醉卧于千里马的背上
而那匹马无论如何也不肯放慢脚步
一蹿，就是千年的时光

把我如一个意象撂在一首诗里
天苍苍，野茫茫
写出来，就是名句

皈依婉约

—— 秋读李清照

你在饮尽一杯离别之后
被西风摇得比黄花还瘦
而我，竟在一首小令里
看到你纤弱的身姿
如风雨之后的海棠
即使轻解罗裳飞踏舴艋
也不能将小小的兰舟摇晃

此时的你，目光已伸进云中
读天边雁字，读西楼满月
把相思从眉头摘下来挂上心头
携一壶酒，携一阵宋时的疏雨
将一段新愁填进词里
一声声地，敲击人们的心扉
谁听了，都会泪眼迷离

那悠绵的情歌，仿佛
一万朵黄花在大地上盛开
盛开成一万朵熊熊燃烧的烈焰
映得落日熔金，照得暮云合璧
令八百年之后的我

于飒飒秋风中轻抚一支菊花
心驰神往地皈依在一朵
秋色弥香的婉约里

林黛玉

你信誓旦旦地说"我是一棵绛株草
我已经享受过他甘露的滋润
我要用一生的眼泪去报答他
留下哀婉的传说故事给人间"

带着天赋的孤傲，跟随执着的信念
怀着苦心孤诣的爱恋
离开高高的离恨天
化生一位绝色美女
只身一人来到荣国府住进大观园

一袭白衣，叩开怡红公子内心的朱门
恍若你从他一个曾经的梦里走出来
一个是阆苑仙葩，一个是美玉无瑕
蹚过悲喜之河的潇湘妃子
旖旎在金陵十二钗的榜首

在一曲名叫"葬花吟"
凄凄惨惨戚戚的韵脚里
有泪水陪着落花簌簌落下
恸倒了一个贾宝玉不说
也撼动了无数世人的心

剑侠的远去

——谨以此诗纪念金庸先生

被苦恼驱使
你到了另一个天地
爱与恨分明成一把剑的双刃
挥一挥，爱在流血，恨在狂笑
再挥一挥，恨在流血，爱在狂笑

你惶惑得心悸
不知用左手握剑还是右手握剑
心中的剑谱从前能倒背如流那样清晰
而现在却剑起花落，伤的都是自己

有关生死的利剑，却将自己封住
映出月白色的剑锋斩断的只是快乐
从前的暴力之美，一下子破碎消失踪影皆无
最得意的一招也是最失败的一招
失落与孤独淹没了剑气

风声你斩不断，鸟声你斩不断
残阳如血染红英雄的寂寞
你长叹一声，扔下了长剑
独自飘零于高山流水之间

把一个传奇留给了人间

把一种境界留给了自己

抱着自己流浪

从会走路开始
人就抱着自己流浪
越走离故乡越远，越走越孤独无助
亲人落下了，朋友落下了
甚至连自己的灵魂也被落下了
落在后面很远很远

只有影子，自己的影子不离不弃
只有信念，那心中的动力不离不弃
于是，忧伤全在自己的江湖之中
喜乐也跳不出江湖之外

或歌或哭，只有自己陪着自己
没有人要求你必须优雅
也没有人要求你必须绝美
大俗或大雅，全凭自己掌握

风雨送春归
飞雪迎春到
在每一个薄暮或者黎明
只有你自己倾听欣赏

湖边饮酒

这一壶浊酒已经见底
那一汪深潭映着蓝天

我醉了
旖旎的风光飘着禅味
神秘是心性不解的东西

闲暇，酿成一种境界
自然便与我合一
即便是须臾也回味无穷

狭隘的与宽广的
在我充满胸臆
哑辨无言的佳酿
芳醇超越玄秘

浊是个好，清是个好
彩云虹影的情韵
唱出太阳的本色

在湖边饮酒
饮的是微风清漪

场　面

高大的白杨树站在风里
几片落叶蝴蝶一样扑向草地的边沿
一个小孩儿见了，挣开妈妈的手
趔趔趄趄跑了过来
又趔趔趄趄跑了回去
手上高举着一片叶子
一个清脆的童音在空中划响
"叶叶，叶叶，蝴蝶……"
空气颤动，语音飞翔

孩子走路的样子真可爱
似乎在模仿春天走路的姿势
脚步不稳，影子摇晃
妈妈走过来，停住，俯下身
抱起孩子举了起来，像举起春天的花朵
一脸的阳光，一脸的慈祥，一脸的笑容
"嗯，叶叶，蝴蝶。宝宝真聪明"
孩子苹果似的小脸，一边接住一个热吻

一片落叶，牵动孩子的想象
一个孩子，牵动妈妈的想象
一个场面，牵动我的想象

让我很想告诉你
一些生活中最平常的现象
却有着无与伦比的美

家　雀

一年四季都不远走高飞
用成群结队的阵势
让人们在村庄的麦场检阅
或者两两成双，在屋檐上
叽叽喳喳地打情骂俏
洒脱得让村里年轻的情侣
自愧不如

也有一只两只飞临草地上
向草间的昆虫发起攻击
把自己对雏鸟的关爱变成了那些
被它们啄食的昆虫的灾难

拂晓来临之时，你们
在房前屋后的枝头梳妆
从不安静的性格此时既兴奋又躁动
互相问候的鸟语声声
打破了村庄的宁静
于是，鸡鸣犬吠，炊烟袅袅
村庄的梦被你们热情地唤醒
旭日东升，太阳金色的光焰
透过枝叶抚摸着这些可爱的生灵

在田野间，在村庄的街道上
你们以自己的生存方式给人们以启迪
你们不像候鸟一样
把生命和爱献给不停地千里远征
你们只钟情于一个地方
不论是在南方还是北方
你们都适宜那里的生存环境
不论是寒冬还是酷夏
你们都以乐观的精神面对生活
让和你们接触最多的人发出感慨
并且将你们的名字和他们的家联系起来
热情地称呼你们为"家雀"

蝴　蝶

那些花朵耀眼的颜色
是不是你从遥远的锦色宫殿捎来的
让我一不留神就被缤纷的绚丽迷倒
在我目光所及之处
花花朵朵都摇曳如你一样的身姿
迷离得让我分不出哪是花朵哪是你

在阳光的照耀下
你的翅膀灵动地扑打
同叶子花朵一起颤动
从这一朵花到那一朵花
从这一片草地到另一片草地
一会儿，你藏进花朵的清香
一会儿，你埋进绿草的胸口
美丽与美丽交错，绚丽与绚丽斑斓

热爱阳光也迷恋花朵
把满腔的情感置于你美丽的身影之下
温暖与色彩在我的双眼和你的翅膀边沿
折射一天一地的浪漫
有灵感袭上心头，魔力般将你我
推进诗的意境

此时，你我已经融为一体
向幽林，向花海，向草地悠悠地隐没

来吧，让我们一起同居同住于天地之间
忘却疲惫和忧伤，记住幸福和欢乐
你张开你的翅膀，我迈开我的双腿
把爱呈现出来，把美呈现出来
去追一天一地的光明
去追一天一地的热烈
去追一天一地的芬芳并洒下一路香浓

看见蜗牛

看见蜗牛
我很羡慕
它实在不用为房子发愁
因为，无论它走到哪里
背上都驮着房子
家是自己的

不用望乡，没有乡愁
因为家总跟着它
就是整天漂泊
也算不上游子
逍遥是自己的

什么楼盘，什么房贷
对于蜗牛来说
这些都不存在
虽然知道负重的缓慢
但没有悲伤
因此欢乐是自己的

我是柳树怀里的一只甲虫

我是你怀里的那只偷懒的甲虫
做着阳光的梦
而你，却在那里吹着风
风从山上来，携着白云的故事
风从田野里来，携着庄稼的故事

枝头上，叶子多情的眼睛
翻阅着喜鹊的乐谱
简约的喳喳声，牵拉起我美好的回忆
昨晚，当月上柳梢头的时刻
有一对恋人依偎着你海誓山盟
竟把我感动得思前想后

我睡了又醒，醒了又睡
直到今晨，阳光把你的影子投在地上
我还沉浸在如梦的情节里
老想着，做一个人，有多好

看高跷

一

鼓声唢呐声直撞我的听觉

我是在文化广场看高跷

蹦啊，跳啊，扭啊

几十个装扮古色古香的爱好者

高高兴兴高高在上，踩着鼓点跟着韵律

踩着高跷。那么多的跷者

我只看其中一位小女子

这位小女子头戴花冠云堆翠髻

身着粉红衣裙腰系长长黄色飘带

站在高高的木跷上，粉衣短小，如含苞菡萏

粉裙修长几乎遮住两只木跷曳地般洒脱飘逸

更显腰身婀娜如仙女下凡卓尔不群

她笑起来

面如一朵带露的月季花

螓首蛾眉，樱唇榴齿，将言而未语

她舞起来，皓腕轻舒，手挥团扇

荷衣欲动仙袂乍飘莲步平移如行云流水

楚楚纤腰抖出微微颤动的 S 形

二

那位小女子就在高跷阵里舞着
她立在高高的跷上
等我把所有美的联想都归到她身上
我站在人群里却旁若无人
把看高跷表演融进我的单相思
真的，在你的身上
一袭长裙因你而窈窕
有我看得见的无法比喻的美
有一份无法取代的欢乐
看见你的时刻，就是忘记所有人的时刻

真的，今生我已看见过千万个小女子
我还会再看见千万个小女子
但，我相信，哪一个都不如我现在看到的你
虽然，你根本不知道我在关注你
更不知道我被柔情缠绵在灯火阑珊的地方
听铿锵鼓点高亢唢呐陪伴你木跷踏地的足音
穿过眼眸，我注视着你那柔美的身姿
一缕幻想软软地铺开
那就让我守一方圣洁，独自沉醉
即使时光的利剑，划伤我的寂寞
我也不会拒绝时间之外的思念

牧羊人

双手捧起心头的杯盏
满饮瓦楞上的月光
唢呐，一支谣曲
吹响寂寞的小院

无人询问
只有圈里的羊群叫着柴扉
像一群天真的孩子

那只风灯
顽强地抗衡黑暗
夜晚，在唢呐声中摇晃

狼，只有在传说中才有
用不着担心篱笆的安危
啊，羊要下崽了

你仿佛看到
一片青草向你走来
生命，在草尖上一晃
就诞生了

起风了

月亮是风吹白的吗
因为风能吹到天边
小河是风吹皱的吗
因为风能掠过水面
树叶是风吹响的吗
因为风能摇动树梢

我想到小草
春风一吹，就绿了
秋风一吹，就黄了
我想到远山
春风一吹，就丰腴了
秋风一吹，就清瘦了

我想到我的父母
被岁月风一吹，就老了
我想到我自己
被岁月风一吹
就长大了成熟了

东风吹出春雨
北风吹出白雪

晚风吹出星星
晨风吹出红日

听，起风了
让我们在风里安静
让我们在风里怀想
生命如风
让我们珍惜每一缕时光

圣诞节随想

圣诞节应该在漫天飘雪的时刻而来
然后把雪花用霓虹装点成五彩缤纷的颜色
落满圣诞树上成为祝福你的礼物
让夜色在不眠中生长梦想的蓓蕾
让每个人的脸上都洋溢童贞的欢笑
所有的银装素裹都折射吉祥的光

为我们过去的日子和未来的日子
为那些总在心头萦绕的幸福的愿望
把所有的杯盏都盛满葡萄美酒
在激动人心的音乐声中痛饮岁月畅想
雪花轻润滴落梦中的声音
语言的祝福飞向冬天之外

不用问询你我的姓名
我们生活在同一个世界
让我们用互相鼓励的眼神注视田园
聆听雪花的精灵翻飞晶莹的歌声
把爱翩跹成玫瑰色的温馨浪漫
演绎出感动全人类的动人诗篇

虚构一个江湖

虚构一个绝色女子做我的知音
虚构一个世界做我的江湖
当年的理想现在还是理想
没有枯萎，充满青年人的朝气

月上柳梢头的时候
和她一起步入黄昏
没有长刀和佩剑
没有猜忌和杀气
有的只是唐诗宋词里的田园美景

一曲洞箫之后
品一盏香茶
喝一壶美酒
读一卷好书

鹰

鹰，一只鹰出现在远方的天空
海拔被压低了
辽阔的视野里没有寂寞忧愁
稀疏的树林如小草静卧
众多的动物奔跑，最多的是人
比大地高远得多，又离不开大地
在空中飞翔的绝不是幻影
天空，成了意识的背景
云霞，成了意识的流动

大地铺开多情的颜色
那些斑驳的色块，种植着生存和死亡
梦想的边缘遥不可及
出发的地方是起点还是终点
空间和时间粗犷地给不了答案
翅膀，遮没的是流线型的痕迹
一闪，就无影无踪了
剩下的是太阳的刚毅月亮的阴柔
天空的脸色健康而多变

把身影溅在岩石的刹那
美与美孕育了很多的内涵

形式的触角炫目而不单薄
眼睛在瞬间浏览开放和凋谢
翱翔，比回首更有气魄
河水的源头在贴近冰山的地方
滋长磅礴需万里腾挪万里辗转
把目光投向七月的葱郁
翅膀掠过十二月的飞雪

鹰，从天的深处飞来
任生命如白云般舒卷

折叠朦胧

乳白色，静静的
是雾还是黎明
心灵洞穿眼睛看不清的所在
梦，盛开在天亮时分

没有被夜雨淋着
却湿润了，感觉潮乎乎的
折叠成朦胧的记忆
葱郁着

夜如底片
只一丝光亮感应
摄下的竟如此灿烂
被时间稍许冲洗

成照片，成为一幅风景
感情在风景中徜徉
醒了还是梦着
说不清的原委结出许多回味

诗向远方

你写上枯藤老树昏鸦
我写上小桥流水人家

你在作诗我在抒情
你走入意境
与牧童共访杏花村飘逸的酒香
我灵魂漂泊
于山重水复因眷恋而痛苦而温馨

你在诗意里，用笔墨深情的一回首
就能跨越岁月与岁月的界线
我在诗境里
一座山一道水穿越着支离不散的梦

你的心向沿着目光所指
我的神往向着憧憬所向
人在远方　心在远方　爱在远方

远方
是你的钟情
于早晨最先看到晨曦的地方
远方

是我的思念
于大河逆流而上河源涌动的地方

现在，你的诗思正在向着远方奔跑
现在，我的诗情正在向着远方飞翔

坐上诗句就能穿越时光

坐上诗句就能穿越时光

就能和古圣贤对饮

把自己醉成陶潜

就能归去来兮桃花源

把自己醉成李白

就能唯有饮者留其名

把自己醉成苏轼

就能把酒问青天彻悟人生如梦

只可惜，我把我醉成了自己

功未成，名未成

只能醉和青山舞

一蓑烟雨任平生了

图书在版编目（CIP）数据

致敬阳光 / 申润民著. --武汉：长江文艺出版社，
2022.9
  ISBN 978-7-5702-2522-4

  Ⅰ. ①致… Ⅱ. ①申… Ⅲ. ①诗集－中国－当代
Ⅳ. ①I227

  中国版本图书馆 CIP 数据核字 (2022) 第 022756 号

致敬阳光
ZHIJING YANGGUANG

责任编辑：胡　璇　　　　　　　　责任校对：毛季慧
封面设计：源画设计　　　　　　　责任印制：邱　莉　　王光兴

出版：长江出版传媒　长江文艺出版社
地址：武汉市雄楚大街 268 号　　　　邮编：430070
发行：长江文艺出版社
http://www.cjlap.com
印刷：武汉中科兴业印务有限公司

开本：880 毫米×1230 毫米　　　1/32　　印张：8.5　　　插页：2 页
版次：2022 年 9 月第 1 版　　　　2022 年 9 月第 1 次印刷
行数：5985 行

定价：58.00 元

责任编辑：胡　璇

封面设计：源画设计: 成就图书

上架建议：文学·诗集

ISBN 978-7-5702-2522-4